INTRODUZIONE.

Se alla città di Firenze alcuni scrittori dettero il nome di novella Atene perchè quivi più che in altro luogo rifiorirono le lettere, e le belle arti, egli è un pregio, che alla detta Città hanno procacciato que' nobili, e sublimi ingegni, i quali a dovizia nacquero in essa. Dopo che tante nazioni barbare dalle quali fu soggiogata la deliziosa Italia ne' secoli scorsi fecero decadere i buoni studi dal loro antico splendore, la stirpe dei Medici, e spezialmente Cosimo padre della patria, ed il magnifico Lorenzo suo nipote, furono quelli, che sopra tutti si affaticarono per fargli al primiero stato risorgere. Ed in fatti i coltivatori delle arti, e delle scienze incoraggiti, ed aiutati da questa più che privata famiglia, profittando de' lumi che la cadente Grecia porgeva all'Italia, quà inviando piccoli avanzi della sua passata grandezza scossero dopo lunghe fatiche le dense nubi dell'ignoranza, e prepararono a' loro posteri la maniera di tanto inalzarsi con le cognizioni utili, e con le scoperte, le quali modernamente hanno fatto mutar faccia a' nostri studi. Ma prima del secolo XV, ancora che fu così propizio alle muse, gl'ingegni Fiorentini colla sola forza del proprio talento seppero in tempi più disastrosi, ed in mezzo alle gare, ed alle cittadinesche fazioni lasciare a' successori opere degne d'eterna memoria. Un esempio chiarissimo di quei vastissimi, e profondissimi ingegni, i quali spesse fiate vennero nella mia patria alla luce, è il Poeta Dante Alighieri, di cui ho preso a scrivere in queste carte la vita. Egli, come vedremo in progresso, quando appena si era stabilito il nascente volgare idioma, non che alcuna solida scienza in Italia, e ad onta delle triste vicende cui fu soggetto, a motivo di tanto crudeli sventure, che affliggevano in quella misera stagione la Toscana, potè con i suoi sudori, e principalmente con un poetico e ardimentoso lavoro, adorno di naturali bellezze, acquistarsi il titolo di uomo eccellente e divino, e far vedere di che sia capace un talento che senza seguitare altra guida cerca in sè stesso come rendere eterno il proprio nome. E qualore questa mia fatica non sappia rilevare i meriti di un personaggio sì distinto fra la turba di color che sanno, la lettura specialmente della sua Commedia darà a conoscere quanto poco abbia Firenze da invidiare, anche per questa parte, a qualunque altro luogo, che in materia di studi pensi di gareggiare con essa.

DI COLORO I QUALI SCRISSERO LA VITA DI DANTE.

Molti furono quelli per verità, che avanti me posero mano a descrivere la vita di Dante, e fra questi il primo fu certamente Giovanni Boccaccio, il di cui merito non è solo da riporsi nell'aver ridotta alla sua perfezione la Toscana favella: Egli, come io penso, nella sua giovinezza, o prima certo che la Repubblica fiorentina lo deputasse a spiegare i sublimi sensi della Divina Commedia, secondo quello che siamo per dire a suo luogo, dovette comporre il libro dell'origine, vita, studi e costumi del chiarissimo Dante Alighieri, che a niuno di quanti dettò in volgare idioma crede punto in purità, e leggiadria di lingua, e che più volte è stato pubblicato per mezzo de' torchi. Comparve da primo questa vita corretta da Cristofano Berardo da Pesero in principio della Commedia impressa nel 1477 in fol. da Vendelino da Spira col comento attribuito a Benvenuto da Imola. Di poi fu data fuori a parte in Roma nel 1544 in 8° da Francesco Priscianese eccellente grammatico, non meno che valente stampatore; ma dedicandola a Gianlodovico Pio s'ingannò nel credere d'inviargli una cosa rara e nuova, cioè inedita. Dopo trentadue anni, cioè nel 1576 Bartolomeo Sermartelli in Firenze nuovamente la dette in luce in 8° dietro l'operetta del medesimo Dante intitolata la Vita nuova, e le di lui canzone amorose, e morali . In fine per opera del canonico Anton Maria Biscioni fu pure in Firenze stampata da Gio. Gaetano Tartini, e Sancti Franchi con le prose dell'Alighieri, e dello stesso Boccaccio. Ma tutte queste edizioni sono molto differenti fra loro, e le due prime sono intiere, benchè l'ultima si reputi corretta nella lingua. E senza parlare di molti, e vari codici a penna, che s'incontrano nelle pubbliche e private librerie, e che contengono questo lavoro del Boccaccio, egli è da avvertire aber Giovanni distesa la vita, i costumi di tanto sublime Poeta, come se avesse dovuto scrivere il Filocolo, o la Fiammetta; "perocchè (l'osserva Leonardo Aretino) tutta d'amore, e di sospiri, e di cocenti lagrime è piena, come se l'uomo nascesse in questo mondo solamente per ritrovarsi in quelle dieci giornate amorose, nelle quali da donne innamorate, e da giovani leggiadri raccontate furono le cento novelle, che le gravi, e le sustanzievoli parti della vita di Dante lascia indietro, e trapassa con silenzio; ricordando le cose leggieri, e tacendo le gravi". Nè diversamente pensarono ancora il Vellutelloil suddetto Biscioni, il Marchese Maffei, ed altri, quantunque l'essere stato il Boccaccio quasi contemporaneo a Dante faccia sì che non si debba disprezzare affatto quello che ci ha lasciato scritto sopra di lui. Dopo Giovanni, messer Filippo Villani nipote dello storico, e celebre giureconsulto, il quale parimente spiegò nel nostro studio il bel lavoro di Dante, scrisse in compendio la di lui vita nel libro II della sua opera intitolata De origine civitatis Florentiae, et ejusdem famosis civibus, che si conserva in un testo a penna rarissimo della libreria Mediceo-Laurenziana. Questo prezioso codice fu già di Giuliano Guicciardini, poi della Libreria Gaddi, e finalmente avendo Francesco I Imperatore, acquistati tutti i manoscritti di questa biblioteca, passò con molti altri ad arricchire la sopra detta di S. Lorenzo, che divise con l'altra fondata dal celebre Antonio Magliabecchi, i gloriosi effetti della sua real munificenza. Poche sono le cose che ho incontrate in tal compendio, le quali non sieno dal Boccaccio particolarmente riferite, e di esso fanno menzione Giannozzo Manetti e Francesco Cionacci. Egli è tuttavia inedito,e poco fa si credeva ancora perduto, mentre non essendovi notizia del predetto testo, di tutta la mentovata opera del Villani non ci restava altro che una parte consistente di diverse vite di letterati Fiorentini tradotte in volgare non si sa da chi, nè quando, le quali vite nel citato codice formano una porzione del secondo libro. Ed in fatti questo volgarizzamento fu fatto imprimere con le sue dottissime osservazioni dall'erudito, e celebre Conte Giammaria Mazzucchelli in Venezia per mezzo de' torchi di Giambattista Pasquali l'anno 1747 in 4°, ma nell'originale latino si contengono alcune vite di più di quelle che sono alla luce. Leonardo Bruni d'Arezzo Segretario della Repubblica Fiorentina, e famoso letterato del XV secolo scrisse parimente in volgare idioma la vita del nostro maggior Poeta insieme con quella del Petrarca, essendogli sembrato che il Boccaccio nell'altra sua molte cose avesse passate sotto silenzio, le quali era necessario che si sapessero. Di questa di Dante fece parola Lodovico Dolcee già di essa si era prevalso senza citarla Cristofano Landino in quella, che pose avanti al suo comento sopra la Divina Commedia. Venne poi alla luce con quella del Petrarca in Perugia presso gli eredi di Sebastiano Zecchini nel 1671 per opera del nostro Gio. Cirielli benemerito della storia letteraria Fiorentinaed un anno dopo parimente in 12° le pubblicò ambedue all'insegna della stella il rinomato Francesco Redi sopra un antico testo a penna di sua proprietà. Bisogna poi confessare che la vita di Dante scritta da Leonardo Aretino è più abbondante di storiche notizie di quella composta dal Boccaccio, onde la prima fu avvedutamente ristampata nel 1727 dai Volpi nella loro edizione di Padova della Commedia di Dante, e dal Pasquali stampator Veneto in quella che pubblicò della medesima Commedia nel 1739 con le annotazioni del P.Pompeo Venturi Gesuita, e di Antonio Zatta nel 1757 in fronte alla sua magnifica ristampa di tutte le opere dello stesso Poeta. Delle fatiche specialmente del Boccaccio, e dell' Aretino profittarono coloro, i quali dopo di essi presero a raccorre le memorie del nostro Divino Poeta. Fra questi uno fu Giannozzo Manetti discepolo nella lingua greca di frate Ambrogio Traversari, e cittadino illustre di nostra patria fra quanti ne fiorirono nel secolo XV. Molte sue fatiche lasciò egli ai posteri, ed una di questa è l'operetta che probabilmente compilò verso l'anno 1450: De vita, et moribus trium illustrium Poeatrum Florentinorum, cioè Dante, Petrarca e Boccaccio. Il dotto abate Lorenzo Mehus la trasse da un codice della Laurenzianae con una sua erudita prefazione la mandò alla luce in Firenze appresso Giovan Paolo Giovannelli l'anno 1747 in 8°. Non è da tacersi ancora che la vita di Dante fu compiuta da Giovan Mario Filelfo grammatico di molto ingegno, e figliuolo del celebre Francesco Filelfo verso l'anno 1468. Ella fu veduta dal Vellutello, e della medesima profittò per comporre quella ch'egli ne scrisse, seguendo l'orme de' citati autori Boccaccio ed Aretino. Non è per altro sino ad ora comparsa in pubblico questa vita descritta dal Filelfo, ma si conserva in un testo a penna molto ben scritto della mentovata libreria Mediceo-Laurenzianada cui apparisce che esso l'inviò a Pietro Aligero pronipote del Divino Poeta, e che da questo con lettera cortese in data di Verona 13.kalendas Januarias 1468 fu dedicata:Magnificis, clarissimisque viris Petro de Medicis, et Thomae Soderino equiti, Florentini optimatibus, et Patriciis. Alcuni pezzi più interessanti di questa vita sono stati pubblicati dal suddetto abate Mehus; ma consultando il codice Laurenziano ho profittato in queste memorie delle notizie in esso contenute. Fatica inutile sarebbe per altro l'additare minutamente tutti coloro, i quali del nostro Dante o per esteso o in ristretto hanno composta la vita; tanto più che nelle nostre librerie, diverse molto brevi se ne ritrovano scritte da autori anonimi, dalle quali non meno che da quella di Siccone Polentano, ch'egli inserì nel libro IV, della sua inedita opera: De scriptoribus latinae linguae ad Polidorum filium, e dall'altra di Domenico di maestro Bandino d'Arezzo, ch'è nel libro I della parte V del suo: Fons memorabilium Universi, poco più di quello che i sopracitati scrittori hanno detto se ne può ritrarre da chiunque si voglia prender la pena di consultarle. Non ripongo in questo numero quelle che collocarono Cristoforo Landino letterato insigne, ad Alessandro Vellutello Lucchese avanti i loro respettivi comenti, giacchè le notizie dateci da costoro sono ben da apprezzarsi, come anche quelle che non sarebbe impossibile di ripescare ne' molti altri antichi inediti comentatori, se non arrecasse noia lo scorrere farragginosi volumi fra la polvere delle pubbliche, e private librerie. Ma siccome poi nei trascrosi secoli, specialmente subito dopo il ristoramento delle umane lettere, quelli che ad esse applicarono ebbero maggior cura dell'eloquenza, e della disposizione scelta, artificiosa, e sonora delle voci, che dall'esattezza, la quale si richiede nella narrazione storica delle azioni di alcuno, quindi è che tutte le vite di cui abbiamo parlato in gran parte, almeno non sono che fioriti elogi del nostro Poeta. E prima d'ora cetamente la gloria di questa città esigeva, che con miglior critica si fosse pensato a compilare le memorie di un Personaggio che l'averlo avuto fra suoi le apporta tanto ornamento. Che se io mi prendo il carico di collocare in un maggior lume le cose tutte, che a Dante, ed alle sue Opere appartengono, è questa piuttosto una fervente brama di onorare la sua memoria, che una presunzione troppo franca di riuscire felicemente nell'impegno.

III.

DELLA STIRPE DI DANTE.

L'origine primitiva delle famiglie anche le più cospicue è sempre per difetto di memorie, o intieramente oscura o molto incerta, e dubbiosa. Gli scrittori della vita del nostro Poeta si sono immaginati, che discendesse dalla nobilissima casata Romana de' Frangipani, ed hanno scritto avere ottenuto essa questo nome a motivo di un atto generoso fatto da qualcheduno de' suoi antichi in tempo di carestia. Aggiungono di più che un tale di questa famiglia appellato Elisone, o Eliseo trasferitosi in Firenze con altri sei compagni in seguito di un certo Uberto inviato qua da Giulio Cesare, come a lungo racconta Riccardaccio Malespina, o a tempi di Carlo Magno allor quando questo Imperatore, si accinse a riedificare la nostra città da Attila Re de' Goti distrutta, e desolata, come falsamente suppongono i nostri storici,stabilisse quivi la sua dimora, e desse il principio ed il cognome alla casata degli Elisei. Ma senza dimostrare la falsità, o incertezza di simili racconti, tanto più che i sublimi talenti per colmo di merito non hanno bisogno di una splendida, e nobile origine, egli è certo che Dante medesimo non seppe, o non si curò di spiegare d'onde derivasse la sua famiglia, dicendo per bocca di Cacciaguida, dopo aver questo di sè data contezza al Poeta nel suo immaginario viaggio.

Basti de' miei maggiori udirne questo;

Chi ei si furo, e onde vennero quivi,

Più è tacer, che ragionare, onesto.

Il primo degli ascendenti della famiglia del Poeta, di cui si possa con sicurezza parlare, è il detto Cacciaguida, e questo è stato da me collocato per stipite della famiglia Allighieri nell'albero genealogico, mentre lo stesso Dante finge che Cacciaguida medesimo s'intitoli sua radice. Ebbe due fratelli, uno per nome Eliseo, e l'altro Moronto. Dal primo derivò la nobil casata degli Elisei, già da molto tempo estinta, e se Leonardo Aretino merita fede in questa parte, forse anche prima gli antenati di Cacciaguida avevano questo nome. Comunque sia egli è certo che gli Elisei furono antichissimi cittadini, che goderono i primi onori della Repubblica, e che abitavano nel sesto di Por. S.Piero vicino a mercato vecchio. Nelle loro case nacque Cacciaguida. Non molto lontano dalle medesime che oc- cupavano un buono spazio, e che si può credere essere state dirimpetto al luogo, ove era il Palazzo Salviati poi Riccirdi ed ora Stiozzi in via Por San Piero presso l'antico Convento dei Padri delle Scuole Pie vi era una volta, la quale si chiamava la volta della Misericordia, perchè al dire del Malespina autore molto antico, qualunque reo si fosse ivi ritirato godeva il privilegio dell'asilo. Il dottissimo Vincenzio Borghini pensò che questa volta fosse un arco trionfale, o qualche cosa di simile, e di tal sentimento fu pure Leopoldo del Migliore; ma da un moderno accreditatissimo antiquario è stata creduta un arco degli acquedotti delle nostre terme. Per quanta venerazione io abbia a questo soggetto, e per la sua dottrina, e per la sua perizia nella storia patria, non ostante mi dovrà esser permesso di attenermi all'opinione dei due sopramentovati scrittori, giacchè l'immunità che godevasi in questo luogo, mi ricorda quelle le quali erano a coloro accordate, che alle statue degli Imperatori Romani, ed alle altre fabbriche inalzate in onore de' medesimi ricorrevano; e mi fa parer strano, che di tal privilegio si potesse profittare sotto una semplice arcata d'un acquedotto. Da questo luogo, il quale per dirlo di passaggio, era situato non lungi dalla Chiesa di S.Maria Nipotecosa, poi S.Donnino, nel corso degli Adimari o sia via de' calzajuoli alcuno della famiglia degli Elisei, ed in specie un certo messer Buonaccorso giudice, e contemporaneo del nostro Poeta si disse de arcu. Egli nasceva di un Eliseo probabilemte anch'esso giureconsulto, ed aveva un fratello chiamato per nome Guidotto. Ebbe poi un Leonardo per figiuolo, il quale fece testamento nel 1371, e che fu Patrono della Chiesa di S. Andrea in mercato vecchio, come dal testamento medesimo apparisce. Del resto ancora si sa, che gli Elisei ebbero castella in contado, e torre in Firenze distintivo d'una special potenza. Ma lunga ed inutil fatica sarebbe per noi il ricercare scrupolosamente l'arme, e la discendenza loro in diversa maniera, tessuta da' genealogisti, ed espressa ne' registri dei Priori e Gonfalonieri, che governarono la Repubblica, che noi Priorista appelliamo. Il sopra mentovato Moronto non ebbe successione ed il nostro Poeta per diritta linea discese da Cacciaguida. I di lui discendenti presero il cognome di Allighieri in memoria di sua consorte ch'era degli Aldighieri di Val di Pado cioè di Ferrara, siccome asserisce il Boccaccio ed una numerosa folla di scrittori che forse lo hanno copiato, o secondo altri di Parma. Appunto intorno a' tempi, nè quali vissero i figliuoli di Cacciaguida si sparse l'uso, poc'anzi introdotto, de' cognomi per distinguere non tanto le persone, quanto le famiglie. Molti di questi si formarono certamente dal nome di qualche ascendente, e ciò accadde qualora i figliuoli di un tale per identificare la loro persona, o casata aggiunsero al nome proprio quello del padre, o della madre, e se alcuno di questi si fosse in qualche modo renduto celebre, i nipoti, ed i posteri seguitavano ad usarne in forma di cognome. In tal maniera da un Aldighiero figliuolo di Cac- ciaguida appellato così per memoria della madre con piccolo divario si denominò delli Allighieri per attestato dello stesso Poeta tutta la sua discendenza. Da ciò resulta essere un sogno di scrittori poco illuminati, che gli ascendenti di Dante si chiamassero, come si diceva, o Frangipani o Elisei; tanto più che avanti il decimo secolo non si vede negli antichi istrumenti essersi punto adoperati i cognomi. La casata Allighieri ebbe poi la sua abitazione, secondo Leonardo d'Arezzo, nella piazza dietro S. Martino del Vescovo ora Chiesa de buonomini situata presso il convento dei Cassinesi, dirimpetto alla via, che conduceva alle case dei Sacchetti; e dall'altra parte si estendeva verso le case dei Donati, e dei Giuochi, famiglie molto nobili, e delle quali l'ultime due sono oggi estinte. Ed in fatti il nostro Poeta era della Parrocchia della suddetta Chiesa di S.Martino del Vescovo; e se nei libri delle anime della Cura di Santa Margherita (Chiesa non molto discosta dall'altra) una casa posta sulla piazzetta della medesima S. Margherita posseduta già dai Padri Domenicani si trova sempre nominata la torre di Dante, ciò accadde forse perchè avendo S. Martino cessato d'essere Parrocchia, la casa del Poeta venne ad essere incorporata nell'altra di S. Margherita. Che le case dell' Allighieri per altro non sieno la medesima torre, ce ne può far sospettare un instrumento del 1189 da cui apparisce ch'erano molto accoste al predetto S. Martino, e può ben essere che sieno quelle, delle quali sono descritti i confini in un'altra carta del 1332. Ma lasciando simil ricerca, il cognome di Dante si trova scritto diversamente, ed altre famiglie certo, se io non m'inganno, avevano in Firenze questo medesimo casato, senza aver parentela o congiunzione di sangue con quella del nostro Poeta, o forse solamente molto lontana. L'arme degli Allighieri di Dante fu poi uno scudo diviso per il mezzo in diritto parte d'oro, e parte nero, e tagliato per traverso piano da una fascia bianca, e così vedesi in un libro d'armi del 1302 che originale posseggono i figli del defunto Cavaliere Andrea da Verrazzano.

Vuole Giovanbatista Ubaldini nella storia della sua casatache dal nostro Poeta Dante prendesse la denominazione la famiglia de' Danti di Perugia; lo che si dice ancora da Niccolò Granucci da Lucca, e da altri, e che consorti del medesimo Poeta fossero quei del Bello, da' quali discesero i Beliotti, poi Biliotti del quartiere Santa Croce, e ch'ebbero, in tempo che Firenze si governava a modo di Repubblica, alcuni che risiederono nel supremo magistrato de' Priori; differenti per altro da' Biliotti del sesto d'oltrarno in antico cognominati Volpi i quali non ha molto che sussistevano in questa nostra città con lustro, divisi in due rami strettamente congiunti fra loro.

IV.

DEGLI ANTENATI DI DANTE, E DEI SUOI DISCENDENTI.

Dopo aver parlato in generale della casata del nostro Poeta, per illustrazione del qui annesso albero genealogico della medesima, dobbiamo poco fermarci a ragionare de' suoi maggiori, e di quelli che da lui discesero. Il primo di cui si abbia una distinta notizia fu Cacciaguida, dal quale derivò per dritta linea Dante. Nacque Cacciaguida in Firenze l'anno 1106 in circa, siccome osservano gli Accademici della Cruscain una postilla marginale a queste parole del canto XVI del Paradiso.

Da quel dì che fu detto 'Ave'

al parto in che mia madre, ch'è or santa,

s'alleviò di me ond' era grave,

al suo Leon cinquecento cinquanta

e trenta fiate venne questo foco

a rinfiammarsi sotto la sua pianta.

Ed invero fingendo il Poeta di parlare a Cacciaguida nella costellazione di Marte, che mette quasi due anni di tempo a terminare il giro del cielo, ed a scorrere per i dodici segni dello zodiaco, qualora si moltiplichi per due il numero 553 viene ad aversi il 1106 non valutando que'rotti del tempo, che impiega la detta stella nel ritornare in un medesimo segno, giacchè può credersi che ad essi Dante non facesse attenzione. E' poi da osservarsi che negli addotti versi si dà alla madre di Cacciaguida il titolo di Santa, forse perchè il Poeta aveva probabil motivo di piamente credere che fosse già a godere la visione beatifica dopo tanto ch'era morta questa sua antenata. E da quella che fa dire il Poeta a Cacciaguida ben chiaro apparisce essere stato personaggio di molto riguardo, e stima nella città nostra, la quale, nel tempo che venne esso alla luce, stava sotto l'obbedienza della famosa Contessa Matilda. Infatti dopo essersi accasato nella sua giovinezza con una donna degli Aldighieri di Val di Padodalla quale generò più figliuoli, si pose a militare sotto Corrado III della casa di Svevia eletto Imperatore nel 1138, e lo seguitò nella celebre Crociata promossa da Lodovico VII, il giovane re di Francia, e da S. Bernardo per ricuperare dalle mani degl'infedeli i luoghi di Terra Santa. Ma in questa spedizione, la quale per colpa dell'Imperatore d'Oriente Emanuelle Comneno fu a tutta la Cristianità molto fatale, perchè fu disfatto un poderosissimo esercito di detto Corrado; morì l'anno 1147,Cacciaguida per mano dei Turchi, avendo prima ottenuto in remunerazione de' suoi servigi il grado di Cavaliere dal medesimo Imperatore. Suoi fratelli furono Moronto, ed Eliseo, de' quali abbiamo ragionato sopra. Ebbe poi Cacciaguida, fra gli altri de' quali non sono fino a noi arrivate le memorie due figliuoli, cioè Allighiero, e Preitenitto. Di costoro, nel primo de' quali volle la madre rinnovare il proprio cognomesi trova fatta menzione in una carta dell'archivio di Badia di Firenze del 1189 ed è probabile che il detto Alli- ghiero vivesse ancora molto vecchio nel 1201; benchè qualche luogo della Commedia dia da sospettare che fosse morto avanti il principio di quel secolo. Finge Dante nella sua detta opera, che questo suo bisavo Allighieri per il lungo spazio di cento anni era stato ritenuto nel primo girone del Purgatorio a pagare la pena del peccato della superbia, e che dopo questo tempo ancora aveva bisogno di suffragi per volare al cielo. D' Allighiero nacque Bellincione, e messer Bello. Il primo fu l'avo di Dante, quantunque da altri sia stato creduto diversamente, e si trova nominato nelle vecchie carte fino all'anno 1266. Da lui discese Allighiero padre del Poeta, Brunetto, che ebbe un figliuolo detto Cione, e Gherardo, il quale viveva nel 1277. Da messer Bello che fioriva nel 1255, furono generati parimente più figliuoli, cioè Gualfreduccio ascritto nel 1237 all'arte del cambio, messer Cione, Cenni, e Geri. E quest'ultimo senza fallo quello, di cui parla il nostro Dante nel XXIX Canto dell'Inferno, raccontando com'era stato ucciso a tradimento, e che la di lui morte non aveva trovato fino a quel tempo chi nella sua famiglia avesse saputo farne vendetta. Il suddetto Allighiero padre di Dante fu (al dire di Benvenuto da Imola) giureconsulto di professione, ed in prime nozze si accasò con donna Lapa di Chiarissimo Cialuffi, che fu la madre di un Francesco fratello del Poeta. Rimasto vedovo prese una seconda moglie, da cui gli nacque il suo tanto celebre figlio per donare alle Toscane lettere la vita, ed alla sua casata un maggior lustro. Il nome soltanto è rimasto di quella fortunata femmina, e nulla più; poichè sappiamo che donna Bella si chiamò, e che restata essa priva del marito poco dopo l'anno 1270 dovette probabilmente caricarsi della cura d'allevare la sua prole. Francesco poi, avendo sposata donna Piera di Donato Brunacciebbe due figliuole, la prima delle quali per nome Martinella fu moglie di ser Gregorio di ser Francesco di ser Baldo del Popolo di Sant'Ambrogio autori della famiglia Ser Franceschi, che godette gli onori della Repubblica Fiorentina, e la seconda per nome Tonia ebbe in consorte Lapo di Riccomanno del Pannocchia. Un figlio maschio nacque ancora a Francesco, il quale si trova che, come lo zio, ebbe nome Durante. E qui non posso fare a meno di non avvertire lo sbaglio preso da alcuni moderni scrittori nel supporre, che Dante avesse un figliuolo per nome Francesco e che da costui fosse comentata la divina Commedia del padre. Imperiocchè non avendo potuto avere di ciò un indubitato riscontro nè da veruno antico autore, nè da qualche documento d'intiera fede, il quale rammenti un Francesco per figliuolo di Dante, ho giusto motivo di credere, che questi tali scrittori non abbiano altra testimonianza da addurre per riprova della loro asserzione, che quella di Cristofano Landino, e di Martino Paolo Niobedato Novarese; e che su la loro fede abbiano confuso il fratello del Poeta con alcuno de' figliuoli del medesimo Dante; tanto più poi che il supposto commento per confessione di loro stessi non si sa ov'esista, ed è forse perduto. Oltre al fratello Francesco ebbe Dante ancora una sorella, che per quanto dice il Boccaccio, fu maritata ad un tal Leon Poggi, e da cui nacque quel Leon Poggi conosciuto famigliarmente dallo stesso Boccaccio, del quale dovremo ragionare in altro luogo. Ma per non interrompere il novero di tutti quelli, che abbiamo collocati nell'albero genealogico della casata del nostro Poeta, prima di entrare a descrivere le notizie particolarmente che alla sua persona appartengono, ci resta a parlare de' suoi discendenti. Dante prese in moglie, come diremo anche altrove, Gemma Donati, e da costei nacquero più figli, de' quali sette ne conosciamo. Questi sono Pietro, Jacopo, Gabriello, Aligeo, Eliseo, Bernardo e Beatrice. Per rifarci dal primo, Leonardo Aretino è quello che di lui così parla, "Ebbe Dante un figliuolo tra gli altri chiamato Pietro, il quale studiò in legge, e divenne valente, e per propria virtù, e per favore della memoria del padre si fece grand'uomo, e guadagnò assai, e fermò suo stato in Verona con assai buone facoltà". Il Filelfo soggiunge di più che alla giurisprudenza attese prima nella patria, che di poi avendo avendo seguitato sempre il genitore anche nel suo esilio passò a Siena, e dopo a Bologna, e che quivi prese la laurea dottorale. Fu in oltre amico di Francesco Petrarca, dal quale gli venne indirizzata una lettera in cui lo chiama Florentinum causidicum. In Verona si esercitò nella giudicatura, e mentre era nel 1361. Vicario del Collegio di detta Città, e del Potestà Niccolò Giustiniani trasferitosi a Treviso per qualche suo affare, ivi morìnel 1364, anno in cui fece il suo testamento, e le sue ceneri furono sepolte nella Chiesa dedicata a Santa Caterina in un bel deposito con questa iscrizione:

Clauditur hic Petrus tumulatus corpore tetrus

Ast anima clara caelesti fulget in ara:

Nam pius, et justus juvenis fuit atque venustus,

Ac in jure quoque simul inde peritus utroque

Extitit espertus multum scriptisque refertus,

Ut librum Patris caveis aperiret in atris,

Cum genitus Danthis fuerit super prorsus Averno

Menteque purgatus, animo revelante beatus

Quo sane dive gaudet Florentia cive.

Pietro ebbe in moglie una donna per nome Jacopa, di cui non si sa il casato, e che gli morì nel 1358, e coltivò ancora la poesia; ed alcune sue rime sono citate dai contempilatori del vocabolario della Crusca, e si conservano in diversi codici di queste nostre librerieed altrove. Ma oltre a questo espose il primo di tutti in lingua latinala divina Commedia del Padre, la qual fatica sta inedita in molte librerie;benchè, quantunque sia non un intiero comento, ma una tal quale spiegazione d'alcuni luoghi di quel divino Poema i più intralciati, ed oscuri, meritasse di venire alla luce. Del medesimo Pietro credei che fosse un capitolo in terza rima in lode di Dante, il quale fu pubblicato da Jacopo Corbinelli, perchè col suo nome mi era occorso di leggerlo in un testo a penna della Laurenziana; ma più esatte ricerche mi scopersero esser componimento di Simone di ser Dino da Siena detto Saviozzo, dal Crescimbeni chiamato de'

Forestani. Onde merita l'avvedutezza de' giornalisti di Venezia, i quali, parlando di questa poesia, osservarono contro il parere del mentovato Corbinelli esser lavoro di uno scrittore non più antico del secolo XV. A Pietro bensì viene attribuito da Filippo Villani un compendio in terzetti del Poema Dantesco, che incomincia:

O voi che siete dal verace lume

Alquanto illuminati nella mente;

e che in varj manoscritti è notato come lavoro di Jacopo altro figliuolo del nostro Poeta. Ancor di questo, comunque sia di ciò, fa parola il sopramentovato Filelfo, ma s'inganna poi dicendo, che gli mancò di vivere in Roma, quando colà trovavasi con suo padre, il quale vi era stato mandato in qualità di ambasciatore de' Fiorentini al Pontefice Bonifacio VIII l'anno 1301. Imperciocchè vi sono documenti sicuri, che ci dimostrano esser egli sopravvissuto al genitore, e che nel 1342 non aveva terminato il corso de' suoi giorni. E certamente di questo è anche una riprova il trovarsi alcune chiose di Jacopo figliuolo di Dante sopra la prima cantica della divina Commedia del Padre, le quali stanno in un raro codice delle altre volte citata libreria Mediceo-Laurenziana. Egli pure fu amico delle Pieridi come dicevasi in quei tempi, e oltre a diverse rime che ci ha lasciate, un compendio scrisse del medesimo Poema in verso, ed un altro componimento diviso in più capitoli, il quale intitolò il Dottri nale. Ma siccome un altro Jacopo si conta fra i discendenti del divino Poeta, al quale parimente piacque il coltivare le muse, quindi è che a buona equità non è punto facile il distinguere le composizioni in verso dell'uno, e dell'altro, se pure d'ambedue alcuna ne resta. Il nostro Jacopo, che forse attese a buoni studj sotto Paolo dell'Abbaco eccellente astronomo de' suoi tempi, ebbe successione, trovandosi aver generato fra gli altri un Bernardo, e donna Alighiera, che fu moglie d' Angiolo di Giovanni Balducci, e che vedovando viveva nel 1403. Gab briello poi terzo figliuolo di Dante abbiamo riscontro che fosse in vita nel 1351, e gli altri due suoi figliuoli, cioè Alighiero ed Eliseo, morirono in un'età molto tenera di pestilenza, se star dobbiamo al detto del tante volte citato Filelfo. In quanto alla figliuola Beatrice, nella quale è probabile che Dante rifacesse il nome della Beatrice Portinari da lui amata con trasporto di passione, si sa che vestì l'abito religoso nel monastero di S. Stefano detto dell' Uliva di Ravenna, ed a costei forse per premiare i meriti del padre in vita non apprezzati, la Repubblica Fiorentina per mezzo di Gio. Boccaccio concesse nel 1350 un sussidio in denaro. Dal sopra mentovato Pietro, e da una Jacopa nacque un altro Dante "civis optimus, et vir deditus familiaribus negotiis" al dire del Filelfo e questo morì l'anno 1428, un altro Jacopo, ed un Bernardo, e tre sorelle cioè Aligeria, Gemma e Lucia che tutte furono monache nell'antichissimo monastero di S. Michele in campagna di Verona, di cui la terza fu anche badessa per lungo tempo, e due altre per nome Antonia ed Elisabetta, delle quali non si sa il destino. Il Filelfo è quello, che così scrive di detto Jacopo "Ex eo" cioè del Pietro figliuolo di Dante "natus est Jacobus qui tandumdem adhibuit operam legum scientiae, rythmisque interpretatus est avi codicem rei veritate a Petri patris commentariolis accepta. Extant autem in hunc usque diem utriusque sententiae, et quas Petrus de Dantis sui patris protulit libris,et quas Jacopus rythmis expressit". Qual sia il componimento, di cui ragiona qui Giovan Mario Filelfo non saprei certamente indovinarlo, se a questo Jacopo non prese sbaglio d'attribuire quello che l'altro scrisse; e non sarebbe improbabile, come di sopra si fece avvertire, che ne' manoscritti fossero state confuse le rime del nipote con quelle del zio. Soggiunge ancora il Filelfo che questo Jacopo non lasciò successione, avendo in età fresca terminato il corso del viver suo. Bensì da Dante II nacque Pietroe Leonardo, "il quale oggi vive, ed ha più figliuoli", come scrive Leonardo Aretino che nel 1436 compose la vita del divino Poeta. "Ne' è molto tempo (segue egli a dire), che Leonardo antedetto venne a Firenze con altri giovani Veronesi bene in punto, e onoratamente; e me venne a visitare, come amico della memoria del suo proavo Dante. E io li mostrai le case di Dante, e de' suoi antichi, e diegli notizia di molte cose a lui incognite, per essersi stranto lui, e i suoi dalla sua patria". Questo fece testamento nel 1439, e dei figliuoli che ebbe non si sa che gli sopravvissero altro che un Pietro, uomo di merito, e di reputazione fra i suoi, al quale nel 1468 siccome a suo luogo fu detto Giovan Mario Filelfo indirizzò la vita del Poeta Dante, avendo con esso avuta stretta famigliarità. Questa vita fu poi da Pietro dedicata a Pietro de' Medici ed a Tommaso Soderini, in dimostrazione dell'affetto che verso quella patria nutriva, la quale a suoi maggiori era satta assai poco favorevole. Visse dopo detto tempo alcuni anni, ed ammogliatosi non so con qual donna generò Dante III, che come gli antenati suoi attese alle lettere, e specialmente alla poesia tanto latina che volgare, nella quale dette saggio di non ordinaria dottrina. Infatti alcuni suoi componimenti in queste due lingue furono qua, e là stampati, ed una sua ben lunga elegia si legge in una raccolta, che ha per titolo Azion Pantea. Il marchese Scipione Maffei, che parla di Dante III fra gli scrittori Veronesi, rammenta ancora un'egloga di lui in morte di Leonardo Nogarola, un'altra per la morte di Domizio Calderini, ed alcune elegie e lettere in lode di Laura Brenzona Schioppa, della quale fu amante. Fra i Codici poi del celebre Lorenzo Pignoria conservasi un suo panegirico in lode di Francesco Diedo Pretore di Verona, il quale in detto impiego l'anno 1484 finì i suoi giorni. Per qualche tempo passò costui ad abitare in Ravenna, volendo fuggire le calamità che affliggevano Verona sua patria, ma dopo avere nel 1495 invano procurato la Repubblica Fiorentina, che ritornasse alla patria de' suoi maggiori, morì oppresso dalla povertà in Mantova l'anno 1510 in circa, come si ha da Pierio Valeriano, il quale di esso parla con encomio, piangendo lo stato, in cui non per sua colpa era caduto. Ebbe Dante III un fratello per nome Jacopo, e tre figliuoli, i quali ad onta dell'avversa fortuna del genitore seppero imitare le virtù degli antenati, onde si restituirono Verona riacquistando i beni, e gli onori dovuti alla loro nascita, ed al loro merito. Il primo di questi fu Pietro. Egli non solo ebbe varj impieghi, e fu nel 1539 Provveditore di Verona, ma applicandosi ai buoni studi, e facendo acquisto della lingua greca e latina, i giovenili suoi anni passò nel leggere i migliori poeti di queste due lingue. Di poi acca- satosi con Teodora Frisoni, da cui ebbe una sola figliuola per nome Ginevra, pagò il funesto tributo alla natura, e fu sepolto con la moglie nella Chiesa di S. Fermo maggiore di detta città in una cappella a mano sinistra dell'altar grande, con una breve ma decorosa iscrizione in questi termini:

Petro Aligero Dantis III filio

graece et latine docto

et Theodorae conju

gi incompara

bili

Il secondo fu Lodovico, il quale si esercitò nella giurisprudenza, senza lasciar di applicare ancora agli studi più geniali dell'umane lettere. Per i suoi talenti fu Vicario de' mercatanti, dignità considerabile nella città di Verona, ed ambasciatore a Venezia. Ancor esso si accasò con Eleonora figliuola del Conte Antonio Bevilacqua, ma non gli sortì di aver successione, onde con suo testamento fatto nel 1547 lasciò erede il fratello Francesco, che eresse la suddetta cappella, in cui furono collocate le ceneri ancora di Lodovico, con epitaffio che ivi si legge in monumento distinto da quello dell'altro fratello Pietro.

Lodovico Aligero jurisconsulto

omnibus virtutibus

ornatissimo

fratris amatissimis

et sibi Franciscus Aliger fieri curavit

H.M.H.N.S.

Questo Francesco fu l'ultimo de' figliuoli di Dante terzo, e non meno degli altri di senno, e di dottrina nobilissimamente fornito. Di ciò ne abbiamo le testimonianze in una lettera del conte Lodovico Nogarola Veronese, scritta al celebre Daniel Barbaro, il quale lo aveva pregato a procurargli dai suoi più dotti concittadini qualche ajuto per la versione del Vitruvio che andava lavorando. Ecco come in essa risponde il Nogarola "Vitruvium jam vidi a Bernardino Donato nostro in linguam Hetruscam converso, additis etiam nonnullis scholiis, quae quidem omnia suspicor inaniter periisse. Hoc idem postea fecit rogatu Alexandri Vitellii, Franciscus Dantes Aliger, quo neminem Veronae arbitror ad Vitruvii intelligentiam proprius accedere. Cum hoc viro doctissimo magnus olim mihi fuit usus, nunc vero nullus, nam ruri continenter vitam agit, nec nisi raro ad nos revertitur, si forte tamen accidat, ut urbem repetat, hominem aggrediar". Il dottissimo marchese Poleni è di sentimento che tal fatica si sia paerduta, non ne avendo potuto avere notizia veruna. Da Giovan Battista Doni un'altra ancora è rammentata di Francesco con questo titolo "Anti- quitates Valentinae Francisci Aligerii qui se dicit Dantis tertii filium". Credè il marchese Maffei che in questo titolo vi sia corso errore, e che in vece di Valentinae legger si dovesse "Veronenses" giacchè non si sa che Francesco viaggiasse in lontani paesi. Ma egli s'ingannò dopo altri, mentre sotto un tal titolo non si accennano che le antichità raccolte in Trevi dalla casa Valenti, ed illustrate in detta opera la quale forse non in sostanza diversifica dal manoscritto in 4° di sedici pagine in circa, che era nella libreria del Convento di S. Marco di questa città di Firenze de' Padri Domenicani tiones quaedam in marmoribus,et urnis sepulcrorum cum annotationibus Francisci Aligerii Dantis III", se così fosse caderebbero a terra le mentovate congetture. Attesa la confusione dei manoscritti di quell'insigne biblioteca io non ho potuto con gli occhi propri dilucidare questo dubbio. Per altro credo che s'ingannasse senza fallo il canonico Angiolo Maria Bandini, quando nelle sue annotazioni alla vita del Doni, pubblicata insieme con le lettere nel 1755, pag. XIV in nota, fra i Fiorentini raccoglitori d'iscrizioni annovera Piero Alighieri "qui se Dantis tertium filium" invece del predetto Francesco. Il fatto è che Benedetto Valenti uomo dotto e amantissimo delle antichità si era formato nella sua casa di Trevi un nobil museo. Il nostro Francesco di lui amico, e molto portato per lo studio delle lapidi, e delle statue antiche prese ad illustrare col suo ingegno, e con la sua penna quei monumenti con due latini dialoghi. Il primo composto di tre interlocutori il Valenti stesso, Francesco Aligeri, e Xanto Ponzio uscì in luce dalle stampe di Roma nel 1537 col titolo Antiquitates Valentiae, titolo che non inteserò nè il Maffei nè il mazzucchelli. Il secondo dialogo indirizzato al medesimo Valenti, dove si parla di alcune teste di marmo, di Giano, per esempio, di Marsia, di Onfale ec. la prima volta è stato pubblicato da un manoscritto dei Valenti di Trevi, in ottavo luogo nel volume 2° degli "anecdota litteraria manoscriptis codicibus" l'anno 1774 in Roma in 8° con una erudita prefazione dell'abate Cristoforo Amaduzzi in cui illustra l'opera in secondo luogo, e l'autore di lei ed il suddetto Benedetto Valenti. intitolato "Inscriptiones quaedam in marmoribus, et urnis sepolcrorum cum adnotationibus Francisci Aligerii Dantis tertii filii" in cui "aliquot incriptiones latinas congessit, quas non solum adnotationibus, sed etiam monumentorum picturia sua manu espressis elucidavit". Siccome scrive l'abate Lorenzo Mehus, che di questo codice fa menzione aggiungendo d'aver veduta una vecchia edizione di tali monumenti; infatti ella esiste, ed è rarissima portando la data "Romae 1537 Apud Antonium

Bladum Asculanum". Di quest'opera possiedeva un esemplare monsignor Filippo Valenti, che l'ebbe dalla libreria di monsignor Anton Francesco Valenti suo zio, che fu sottodatario, nella quale a penna sta segnato l'anno della stampa MDXXXVII. Il detto Prelato era di pensiere di farla nuovamente comparire in luce, siccome si ha da una lettera di Giovan Cristoforo Amaduzzi inserita nelle novelle letterarie Fiorentine del 1766 col. 155 e seg. e nel corriere letterario di Venezia 1766 col. 374. Il vero è che nel vol. 11 anecdota litteraria ex manuscriptis codicum erutorum, Romae apud Gregorium Settarium in 8° pag.217 e seg. con sua dedica a detto monsignor Filippo in data postridie monas novembris 1773, l'Ameduzzi pubblicò il secondo dialogo de antiquitatibus Valentinis fra Benedetto Valenti, Francesco Aligeri e Xanto Ponzio, giacchè il primo era stato pubblicato in detta edizione del 1537 pag. 84. Dell'iscrizioni poi raccolte da Francesco molti ne profittarono nelle loro collezioni, come ha osservato l'abate Amaduzzi. E' poi indirizzata a Benedetto Valenti "Tribunus aerarii Pontificii" cioè avvocato fiscale, che alloggiò in sua casa in Trevi due Pontefici vale a dire Clemente VIII e Paolo III e di cui furono figliuoli Monte Valenti Presidente di Romagna, e poscia Governatore di Roma, e Remolo Vescovo di Conversano, che intervenne in Concilio di Trento. Quivi si illustrano varie antiche iscrizioni, e in appresso segue un dialogo, i di cui interlocutori sono Francesco Alighieri stesso, un tal Xanto Ponzio, e Benedetto Valenti, nel quale si spiegano varie antiche statue, che quest'ultimo aveva acquistate. Da questo libro certamente apparisce la perizia di Francesco nell'antiquaria, ed il suo buon gusto nel far raccolta de' venerabili avanzi della Romana storia, benchè questa scienza fosse ancora bambina; lo che viene confermata da altro dialogo inedito, che pare imperfetto, in cui sonovi i medesimi interlocutori, e nel quale trattasi d'altre antichità della casa Valenti.

In Francesco mancò la discendenza del Poeta Dante; Ginevra figliuola di Pietro il giovane, e perciò sua nipote accasandosi nel 1549 col conte marchese Antonio Sarego portò in questa nobil casata la facoltà ed il cognome Allighieri per il qual motivo nelle case d'abitazione di tal famiglia in Verona si vede l'arme che i discendenti del Divino Poeta scelsero dopo avere abbandonata Firenze, e che fu un ala d'oro in campo azzurro. Da questo matrimonio poi discesero per diritta linea i notati nell'Albero, dei quali mi venne comunicata la notizia dal conte Pandolfo Sarego.

V.

NASCITA DI DANTE ALLIGHIERI.

Nacque Dante in Firenze da Allighiero degli Allighieri, e da donna Bella, nel mese di maggio del 1265 non nel 1260, come alcuni scrissero; ed al battesimo, che ricevè nel nostro antico tempio di San Giovan Batista prese il nome di Durante, quantunque poi sempre Dante si appellasse. Nel tempo che egli venne alla luce, il Sole si ritrovava nella Costellazione detta dei Gemini, e siccome allora davasi piena fede all'astrologia giudiciaria, quindi è, che avendo Brunetto Latini formato l'oroscopio di Dante, prevedde a qual alto segno di gloria fosse egli per salire col suo sapere, e con la vivezza del suo talento, perchè nato era sotto una posizione dei cieli, secondo i precetti di quest'arte, assai favorevole.

L'esito non rendè in questo caso falsa una predizione fondata sopra degl'indizj così fallaci, benchè tali sieno state il più delle volte quelle degli astrologi, senza loro discapito. Anche le visioni, se fede meritano i racconti degli scrittori, concorsero ad annunziare qual riuscir doveva il fanciullo prima di nascere. Il Boccaccio narra un sogno avuto dalla madre di Dante "non guari lontana al tempo del partorire": Pareva a lei di ritrovarsi all'ombra di un'altissimo alloro presso una fontana, e quivi di sgravarsi della prole, che portava nel ventre; che questa in breve tempo nutricandosi solo dei frutti, i quali dal detto albero cadevano, e dell'acqua di quella prendesse la forma di un pastore, e che ingegnandosi esso di avere delle frondi dell'albero, che lo avea nutrito, repentinamente cadesse; e nel rilevarsi, in un pavone restasse trasmutato. Non è questo il solo esempio, il quale s'incontra nella storia di sogni, ed altri prodigi accaduti avanti la nascita di qualche fanciullo, e dai quali hanno gl'interpreti di simili vanità predette cose favorevoli, o disfavorevoli ad esso, secondo che gli dettava o il loro interesse, o la loro ignoranza. Ma siccome i savj sdegnano di vedere, che gli antichi abbiano ripieni i loro scritti di simili racconti, così noi dovremmo temere di esser derisi, se dietro ad essi più che di passaggio le narrate cose esponessimo. Diasi può tosto un'occhiata passeggiera allo stato, in cui si ritrovava la nostra città, mentre nacque questo divino ingegno. Se la storia di tutte le Repubbliche som- ministra una lunga narrazione di civili discordie, quella dei nostri antenati, dal tempo in cui dopo la morte della celebre contessa Matilde, seguita nel 1115. posero i primi fondamenti del loro governo independente e repubblicano fino alla metà del XVI. secolo, poco più ci conserva che una lacrimevole memoria delle nostre intestine divisioni, le quali furono di ostacolo perchè i Fiorentini arrivassero a quel sommo grado di potenza, a cui di buon ora mostravano apertamente di aspirare. La più famosa, e la più abbondevole di tragici successi fu quella dei Guelfi, e dei Ghibellini, che nata essendo da prima nella Germania afflisse l'Italia tutta, e particolarmente Firenze ove nel 1215. da piccolissima cagione ebbe l'origine. Ebbero il nome di Guelfi coloro, i quali erano nemici dell'Impero, ed aderivano agl'interessi del Romano Pontefice per custodire la propria libertà; e Ghibellini furono chiamati tutti gli altri, che facevano mostra di sostenere l'autorità imperiale, quantunque internamente i capi di questi partiti per diversi particolari fini, fossero soliti di fomentare la discordia senza curarsi nè dei Papi, nè degl'Imperadori. Varia fu in Toscana la sorte degli uni e degli altri, ma la sconfitta, che i Ghibellini esuli dalla patria, ajiutati dalle truppe di Manfredi Re di Sicilia, e figliuolo illegittimo di Federigo II. Imperatore, diedero a Montaperti su l'Arbia nel territorio di Siena il 4. di settembre 1260. all'esercito della Fiorentina Repubblica, pose in uno stato così cattivo gli affari dei Guelfi, che senza prepararsi ad una ulteriore difesa, abbandonarono Firenze, e si trasferirono a Lucca, lasciando che senza contrasto il Conte Guido Novello dei Conti Guidi ai 16. dello stesso mese, occupasse a nome del suddetto Manfredi la città nostra. Che se allora si fosse mandato ad effetto il consiglio di coloro, i quali volevano spianare dai fondamenti Firenze, senza fallo ai Guelfi non sarebbe stato possibile in alcun tempo di riacquistare lo stato, come seguì di lì a non molto. Infatti essendosi opposto ad una simile risoluzione Farinata degli Uberti loro capo, dopo che Manfredi il più potente fautore degl'interessi dei Ghibellini restò vinto e disfatto da Carlo d'Angiò fratello di S. Luigi Re di Francia nel 1267. i Guelfi rientrarono pacificamente nella loro Patria, e per 10. anni la diedero a detto Carlo, già divenuto Re di Sicilia. Egli d'anno in anno vi spedì un suo Vicario, e questo con XII. Buon'Uomini (magistrato stabilito l'anno avanti 1266.), essendo state riordinate le cose del governo, resse in pace la Repubblica, la quale nella venuta dello stesso Carlo mostrò non pochi segni di giubilo, e di gratitudine per i benefeizj da lui ricevuti. Mentre adunque venne alla luce il nostro Divino Poeta, era Firenze ancor priva di molti suoi onorati cittadini, i quali stimavano meglio di vivere fuori della loro patria, che in quella sudditi del Re Manfredi, che teneva in mano il destino delle nostre contrade; ma già il Re Carlo sceso in Italia ad instanza di Urbano IV. per sostenere gl'interessi della Chiesa, stando in Roma si preparava a vendicare le offese, che da un sì potente nemico tutto giorno erano fatte alla medesima; ed il Pontefice Clemente IV. di poco tempo per la morte di Urbano trasferito dal Vescovado Sabinese a reggere il peso del Pontificato, dava speranza che nella sospirata elezione di un'Imperadore fosse per ritornare la tanto desiderata pace all'Europa.

VI.

DELLA PUERIZIA DI DANTE, E DE' SUOI PRIMI STUDJ.

La prima età di Dante si rende assai memorabile a cagione di essersi in essa invaghito di colei, per cui uscì dalla volgare schiera dei rimatori del suo secolo. Io intendo parlare di Beatrice Portinari, dall'amor della quale come restasse tenacemente legato il nostro Dante, dietro il Boccaccio in tal forma lo raccontano quasi tutti gli scrittori della di lui vita. Era usanza vecchia in Firenze, che si solennizzassero con feste e conviti fra vicini e congiunti con i primi del mese di maggio, quasi per far mostra del giubbilo, che inspira il dolce aspetto della nuova ridente stagione. Folco Portinari cittadino di molta reputazione, e dotato di ampie facoltà aveva radunato nella propria casa gli amici suoi, e fra questi Allighiero Allighieri per solennizzare il primo giorno di detto mese. Ad una tal festa vi fu condotto dal padre, Dante, benchè non avesse ancor terminato il nono anno dell'età sua; e questo sul finir del convito, essendosi con gli altri fanciulli suoi coetanei ritirato in disparte a trastullarsi, s'imbattè a prender dimestichezza con una piccola figliuola del detto Folco, la quale oltre ad esser bellissima, era "assai leggiadretta secondo l'usanza fanciullesca, e ne' suoi atti gentile, e piacevole molto, con costumi, e con parole assai più gravi, e modeste, che il suo piccolo tempo non richiedeva". Il nome di questa fanciullina era Bice sincope di Beatrice così nominata di fatti dal Poeta nei suoi scritti; e, o fosse la conformità dei sentimenti, o quel simpatico genio, che senza nostro volere ci porta ad amar piuttosto l'una cosa, che l'altra; accadde che in quel momento restò di essa talmente innamorato Dante, che da indi innanzi si sentì strascinato a far tutto quello, che la nascente passione suggeriva. Un tal racconto non è per altro a mio parere conforme a quanto di se medesimo ha lasciato scritto Dante, e forse il Boccaccio lo ha finto a suo capriccio per abbellire, secondo il suo costume, la verità sostanziale del fatto, di cui mi riserbo a parlare nel seguente paragrafo. Nella sua puerizia percdè Dante il genitore; nientedimeno essendo restato padrone di un comodo patrimonio ebbe campo, mercè l'attenta cura di coloro ai quali incumbeva il carico della sua educazione, di esercitarsi nelle arti liberali, e di apprendere gli elementi delle umane lettere. In Toscana mai si perdè affatto il sapere, quantunque le infinite rivoluzioni, alle quali fu dopo la rovina dell'Impero

Romano soggetto questo paese, avessero quivi, come altrove ricondotta l'ignoranza, e la barbarie dei secoli più remoti. Le invasioni dei barbari, e le continove guerre, che i piccoli signori, e le nascenti Repubbliche per difendersi dagli assalti dei prepotenti, o per allargare i confini del loro territorio si facevano scambievolmente, avevano reso gli uomini più atti al mestiero delle armi, che disposti a coltivare le scienze. Quando per altro venne al mondo il nostro Dante, già i Fiorentini avevano una maggior cognizione dei buoni studj di quello che fosse per lo passato; ed il loro volgare idioma andava prendendo piede, avendo incominciato a scrivere in esso non tanto i prosatori, quanto il Poeta ser Brunetto Latini Segretario della Repubblica Fiorentina, "gran filosofo, e sommo maestro di rettorica, tanto in bene saper dire, quanto in ben dittare". Aveva esso a' suoi concittadini il primo insegnato non solo la maniera di esprimere con ornato di parole le proprie idee, ma di regolare ancora secondo i precetti della politica, gli affari della loro Repubblica, e questo ebbe pure la gloria di ammaestrare Dante, che senza fallo di gran lunga lo avanzò nel possesso delle scienze le più sublimi, e nelle poetichè facoltà. Era Brunetto del partito Guelfo, onde nel 1260. dopo la sconfitta di Montaperto, essendo restati superiori i Ghibellini, ed assoluti padroni del Governo di Firenze, con i suoi lasciò la Patria, e se ne andò in Francia, ove attese a' suoi studj; bisogna per altro dire ch'egli ritornasse di lì a non molto, quando cioè le cose dei Guelfi presero, come si disse, migliore aspetto, acciocchè si possa avverare, che egli insegnasse a Dante; ed in effetto egli era Sindaco del Comune di Firenze con un Manetto di Benincasa nella lega fatta tra Firenze, Genova, e Lucca a danno de' Pisani, nel mese di ottobre del 1284., ed in Firenze morì l'anno 1294. Il progresso poi che Dante fece negli studj, è una forte riprova della cura, che di lui si prese Brunetto Latini, al quale per quei tempi nulla mancava di ciò, che bisogna per formare un'allievo. Non lasciò per altro dalla parte sua il nostro Dante di applicarsi alle umane lettere, e da se stesso imparò, come di sotto si farà osservare, i primi elementi della poesia. Nella sua giovinezza coltivà ancora le belle arti, e particolarmente il disegno, onde fu molto amico di Giotto e di Oderisi da Gubbio, eccellente miniatore de' suoi tempi, ed emulo di Franco da Bologna, e scriveva perfettamente, siccome ci fa fede Leonardo Aretino, il quale vedde delle sue lettere originali. Non lasciò di applicare anco alla musica, e non sembra improbabile, che egli avesse per maestro quel Casella, del quale parla nella seconda cantica della Commedia, e la di cui armoniosa voce lo soleva tanto dilettare, arrivando fino a porre in calma i tumulti delle sue passioni. Che in un secolo, nel quale pochissimo si attendeva alla coltura dello spirito, dante studiasse, oltre alle scienze, le arti ancora di semplice ornamento, fa ben comprendere che i grandi ingegni sormontano tutti gli ostacoli, e che nulla può impedirli dall'innalzarsi a quel segno di grandezza, al quale aspitano i loro desiderj.

VII.

LA BEATRICE CELEBRATA DA DANTE NON FU UN ESSERE
FANTASTICO. AMORI DEL MEDESIMO DANTE.

Prima di avanzare il passo nel racconto delle azioni di Dante, non mi sembra di dover tralasciare lo schiarimento di un dubbio, il quale è, se veramente fosse una donna quella Beatrice, che il nostro Poeta ha tanto celebrata ne' suoi versi, ovvero un soggetto ideale ed allegorico, significante la sapienza, o la teologia. Il canonico Anton Maria Biscioni fu di questo sentimento, e non mancò di fiancheggiarlo con quelle ragioni, le quali gli sembrarono le migliori, ma per questo da più illuminati critici venne ripreso. Prima di lui aveva in tal forma pensato Mario Filelfo, ma l'autorità sua fu dal Biscioni stimata molto più di quello che conveniva. Imperciocchè per sapere le circostanze della vita di alcuno, si deve ricorrere all'esame de' suoi scritti; e quelli di Dante, ad onta di tutto ciò che dica il Filelfo, e qualunque altro, mostrano ad evidenza che la sua Beatrice non era un soggetto ideale, ma una vera femmina. In effetto la Vita nuova non è altro che una storia dell'innamoramento di Dante, scritta con tutte quelle fantastiche immagini, che nella mente sua gli erano dalla dolce passione potentemente risvegliate. Quivi egli narra in qual forma s'invaghisse di Beatrice; come procurasse di tenere ed a lei, ed agli altri nascosa questa sua fiamma, fino col far credere che per altro oggetto era acceso il suo cuore, e quali smanie la modesta ritrosia della giovane, e la sua repentina morte gli cagionassero. Si può egli spiegare allegoricamente tuttociò? Non aveva il Poeta compiti nove anni quando incontrò questa donzella, che "non pareva figliuola d'uomo mortale, ma di Dio", benchè fosse ancor'essa sul prin- cipio del nono anno dell'età sua; e da quel giorno in poi fino che visse, non potè di questa Donna scordarsi, la quale tanto per tempo gli aveva fatto soffrire tutti gli strani accidenti dell'amore. Se questa Beatrice fosse stata la sapienza, doveva Dante per cagion sua risentire tutti i moti, che ci raccontano aver sofferti coloro, i quali hanno sfogato nei loro versi l'amorosa passione? Ma niente altro ci vuole per ismentire quelli che pensano, che Dante non parlasse di un'oggetto terreno, quando pianse, sospirò, si dolse per Beatrice, che leggere il Canto trentesimo, e trentesimoprimo del Purgatorio, ove racconta in qual forma lei, discesa dal cielo, venisse ripreso per la sua mala condotta: fra le altre cose ella dice:

Sì tosto, come in su la soglia fui

 Di mia seconda etade, e mutai vita,

 Questi si tolse a me, e diessi altrui.

Quando di carne, a spirto era salita,

 E bellezza e virtù cresciuta com'era,

 Fu'io a lui men cara, e men gradita.

E volse i passi suoi, per via non vera,

 Immagini di ben seguendo false,

 Che nulla promission rendono intera ec.

e più sotto

Mai non t'appresentò natura ed arte

Piacer, quanto le belle membra in ch'io

Rinchiusa fui, e che son terra sparte;

E se 'l sommo piacer sì ti fallìo,

Per la mia morte: qual cosa mortale

Dovea poi trarre te nel suo disio?

Ben ti dovevi, per lo primo strale,

Delle cose fallaci levar suso,

Diretr'a me, che non era più tale ec.

Che se parve cosa disconvenevole ad alcuno lo spiegare letteralmente tutto ciò che dice Dante della sua Beatrice, quasi fosse un disonore per esso l'aver provati gli effetti di una passione, alla quale tutti gli uomini sono in un tempo per loro sventura soggetti, ricercando il senso allegorico nel suo Poema, si dovrà egli tradire il vero per salvare un sublime ingegno da una taccia, che egli ha comune con quasi tutto il genere umano? Se di tanta virtù ed onestà fu ricolma la sua Donna, di quanta in lei ne de- scrive, e se egli amò "non per libidine, ma per gentilezza di cuore", qual riprensione merita egli per avere con tutta la maggior tenerezza amato così nobile e degno oggetto, per cui divenne cotanto chiaro, e che per alcun tempo (cioè, fin che ella visse) lo sostenne col suo volto, menandolo seco per dritta via? Si potrebbe ancora ricercare se la Beatrice, da cui finge di esser guidato Dante per il glorioso sentiero del cielo, sia l'anima beatificata di quella, che amò in terra, o come la intendono tutti, o quasi tutti i Commentatori della Commedia, la Cristiana Teologia; ma io reputo miglior consiglio il non entrare in simil disputa, lasciando che in ciò ciascuno creda a suo piacimento. Lunga certamente, e pericolosa inchiesta sarebbe l'esame di tutti quei luoghi della Commedia, ove si ragiona di Beatrice, ed alla fine non altro si potrebbe conchiudere, se non che molti passi male si accordano in ambedue i supposti, e che resta oscuro, se il Poeta sempre abbia inteso parlare dell'ombra di Beatrice, o della Teologia. Del restante da tutto quello che leggesi nella Vita nuova di Dante, la quale è sicuramente il più chiaro documento degli amori di lui con la Beatrice Portinari, niun sentore si ha del modo con cui si disse sopra, seguendo il Boccaccio, che egli di lei si era innamorato. Ma la verità è, che Dante ancor fanciullo nella Primavera dell'anno 1274. fu preso dalla bellezza, e dalle gentili maniere di Beatrice, che era figliuola di Folco Portinari cittadino molto ricco, e virtuoso della nostra Città e di donna Cilia de Gherardo de Caponsacchi sua moglie. La vicinanza delle due famiglie Allighieri e Portinari potè far nascere, o alimentò certamente fra questi teneri fanciulli l'innocente loro inclinazione. Questa passione fu quella senza fallo, che risvegliò in Dante il genio per la poesia, e dopo avere da se appresa "l'arte di dire parole per rima", si cimentò a comporre il suo primo sonetto per raccontare una visione amorosa. Non è mio impegno il trattener troppo il mio lettore narrandogli ciò che sofferse il Poeta nel tempo di questo suo innamoramento; ed abbastanza egli stesso ha tutti i moti, e tutti i trasporti dell'infiammato suo cuore con forza ed energia, più di quello che bisognasse, nella mentovata Opera, e nelle sue rime descritti e delineati. La morte sopravvenuta a Beatrice nel ventesimo sesto anno dell'età sua, il dì 9. giugno 1290. qual rendesse il nostro Dante, se lo immagini colui che la più cara cosa nel più bel fiore delle sue speranze abbia miseramente perduta. Ma siccome l'amore di lui non era un folle acciecamento di sregolato appetito, ma un'innocente inclinazione di un cuor gentile per cosa di mille pregi ricolma, quindi se la morte tolse a Dante la vista della sua Donna, il tempo non ne potè in esso scancellare la rimembranza; anzi colla più bell'opera di cui si vantino le Toscane muse, pensò ad immortalare il nome di lei. Il Boccaccio nel suo commento sopra il secondo Canto dell'Inferno racconta, che Beatrice fu maritata ad un Cav. de' Bardi per nome M. Simone, e di ciò ne fa fede il Testamento di Folco ch'è stato pubblicato con le stampe. Ma comunque sia l'amore che Dante nutrì sempre per la sua diletta Beatrice, non ebbe per altro forza bastante dal distorlo da ogni altra tenera inclinazione, poichè non molto dopo la morte di costei fu vicino ad innamorarsi nuovamente di un'altra donna gentile, bella, giovane, e savia: tanto è vero, che non sempre siamo padroni di resistere alle impressioni esterne di quelli oggetti, che impensatamente colpiscono il nostro cuore. Ma se passeggiera fu questa passione, tale non dovette esser quella, che per altra femmina risentì, trattenendosi in Lucca dopo il suo esilio, come egli stesso ci dice nella sua Commedia: e vi è chi raccon- ta , che nelle Alpi del Casentino in un'età più avanzata s'invaghisse di nuovo d'altro oggetto assai poco per bellezza di corpo stimabile. Chi sa quanto la notizia di tali cose ancora necessaria sia per stabilire il vero carattere degli uomini anche i più celebri, e per far conoscere, che tutti questi hanno il cuore di una stessa tempra, che gli altri, i nomi dei quali rimangono allo scuro, non mi riprenderà perciò d'aver io mostrata della premura, per indagare la storia degli amoreggiamenti di Dante. Sembra poi finalmente che Dante per trovar solido refrigerio al dolore provato nella perdita della sua Beatrice, nel 1291. in circa si inducesse a prender per moglie Gemma di Manetto di Donato de' Donati casata molto illustre della sua patria, dalla quale ebbe più figliuoli, come si disse a suo luogo. Gli scrittori ci raccontano che non molto tempo durò la buona corrispondenza fra lei e il consorte, e che questi dopo essersi una volta partito da essa, qua- lunque ne fosse la cagione, mai più non volle insieme in alcun modo ritrovarsi.

VIII.

COME IMPIEGASSE DANTE GLI ANNI DELLA SUA GIOVENTU'.

Lo studio delle divine, ed umane lettere, e delle belle arti, ed il pensiero della sua Donna, furono le occupazioni di Dante nella sua gioventù. Egli per altro potè stimarsi fortunato, mentre quest'ultima cura non lo distolse dall'applicar seriamente a ciò che più doveva giorvarli. Racconta Francesco da Buti, antico comentatore della Commedia, che Dante ne' suoi più verdi anni aveva vestito l'abito dei Frati Minori dell'Ordine di San Francesco, ma che prima di terminare il noviziato era uscito da detta Religione. Io non so che d'altronde si abbia notizia di tal fatto; so bene, che il trovarlo riferito assolutamente da un'Autore, che scrisse poco più di 70. anni dopo la morte di Dante, è una prova ben forte per supporlo vero. E' certo che Fra Antonio Tognocchi da Terrinca nomina Dante fra gli scrittori Toscani dell'Ordine di San Francesco; ma non fa questo perchè egli sapesse che Dante fosse entrato in questa Religione nell'età sua più fresca, ma perchè trovò che egli era morto con l'abito indosso di detto Santo, come Terziario del medesimo Ordine, lo che vedremo quanto sia insussitente tra poco. Se poi fin d'allora, come narra il Buti, si desse Dante allo studio della Teologia, nella quale fece tanto profitto, o se molto dopo si applicasse ad una scienza così sublime, io non saprei deciderlo, benchè mi senta portato a credere, che ciò facesse egli nella sua gioventù, sul riflesso che di una tale scienza era ben fornito, quando intraprese la sua Commedia; la qual cosa non sarebbe potuta succedere, se dopo il suo esilio avesse a quello studio applicato. E chi non vede, che un'ingegno così vivace non era possibile che si restringesse a quegli studj, dei quali la gioventù generalmente suol esser contenta? Aveva egli di buon'orascorsi non tanto i più dotti scrittori della antichità, quanto le pagine dei sacri libri, e a questi studj aveva accoppiati ancora quelli della Platonica, ed Aristotelica Filosofia, che erano in grandissimo pregio presso quei pochi, che allora avevano stima di dotti. Godeva per questo Dante dell'amicizia di tutti quei che erano in Firenze, ed altrove, in credito di Uomini letterati, e fra gli altri di Guido Cavalcanti, il quale il primo fra suoi amici egli stesso chiama. "Era Guido filosofo di autorità, non di poca stima, e ornato di dignità di costumi memorabili, e degno d'ogni laude e onore: la simiglianza degli studj aveva fatto nascere fra lui, e Dante quella dolce amicizia, benchè quest'ultimo, conoscendo quanto il proprio sapere avanzasse quello di ogni altro suo coetaneo, non si facesse scrupolo d'innalzare se medesimo sopra lo suo amico. A quel tempo era ancora in molta reputazione messer Cino da Pistoja non meno celebre Giureconsulto, che accreditato poeta, Dante da Majano, Cecco Angiolieri, Busone da Gubbio, Buonagiunta degli Orbigiani da Lucca, Dino Frescobaldi, Gervasio Ricobaldo Ferrarese e canonico di Ravenna, Brandino o Bandino da Padova o sia Ildebrandino, ed altri che possono vedersi annoverati dal dottissimo ab. Girolamo Tiraboschi nelle sue storie della letteratura italiana dopo il canonico Giovan Mario Crescimbeni ed il Quadrio. Vi è stato anche chi ha detto, che egli avesse stretta amicizia in Firenze col famoso Francesco Stabili, detto volgarmente Cecco d'Ascoli, la di cui tragica fine lo ha renduto più celebre, che alcuna delle sue opere. Ma che Cecco si trovasse in Firenze prima che da essa fosse esiliato il nostro Poeta, e che con lui si applicasse a disputar sopra diversi punti di Filosofia, come il dice padre Appiani, non mi pare che si possa francamente asserire senza confondere i tempi. Comunque sia, questi due Letterati è certo che si conobbero almeno per lettera; che lo Stabili si dimostrò ne' suoi Scritti un'ardito disprezzatore della Commedia del nostro Dante, e che di Guido Cavalcanti ancora non ebbe alcuna stima. Era lo Stabili, come dalle sue Opere apparisce, uno spirito ambizioso, disprezzante ed altiero che delle cose sue aveva maggiore opinione di quelle, che ad un Filosofo convenisse.

E quì è a proposito il cercare se Dante avesse alcuna tintura della lingua greca, venendogli non solo apertamente negata fra gli antichi dal Filelfo, e dal Manetti, ma fra i moderni ancora da uomini di vaglia, come da un marchese Scipion Maffei, gloria, ed ornamento delle lettere Italiane, e da altri. E a dire il vero l'autorità di uno dei due citati scrittori della Vita di Dante è stata di tanta forza nell'animo del dotto Veneziano che scrisse in lingua volgare della letteratura greco-italiana, che doppo aver sostenuta nel nostro Poeta la cognizione di questo idioma, si è creduto in obbligo di ritrattarsi. Ma il sentimento di questi tali non è talmente appoggiato a così valide ragioni, che abbia sicurezza di non esser con giusto impegno combattuto, e forse ancora depresso. Imperocchè facendoci a considerare non solamente le voci greche adoperate da Dante tanto nel suo Poema, quanto nel suo Convivioe negli altri suoi scritti, ma le maniere di questa lingua fonte di vivissime bellezze, e di nobili e poetiche grazie, di cui l'opera di esso è sparsa con abbondanza, con difficoltà ci immagineremo come, senza averle attinte ne' suoi originali, gli sieno nate naturalmente sotto la penna. E come poteva conoscere di quali encomi era degno il Padre della Greca Eloquenza, Omero, e con tanta venerazione e lode nominarlo nella sua Commedia, se la feconda poesia di questo non avesse gustata nella lettura de' suoi Poemi? O non vi era nell'età di Dante una compita versione di questo Poeta, o se mai vi era questa a lui non fu nota, poichè nel convivio scrive che Omero non era stato mutato ancora "di Greco in Latino" e dà con questo maggiormente a credere ch'egli di lui acquistasse la doverosa stima nello scorrere originalmente i suoi versi, e che per conseguenza avesse delle lettere greche piena notizia. In questa forma hanno molti pensato, ed a chi teneva in contrario ha contraddetto l'erudito Gio. Lami a cui mi piace in tal maniera di unire il mio giudizio con la speranza di non errare con tanta guida. Nè certamente lo studio della lingua greca si spense mai nell'Italia, e perciò non dovette esser molto difficile a Dante l'incontrarsi in alcuno, il quale nella medesima potesse servirgli da Maestro. E' molto debole la riflessione di chi ha scritto, per sostenere l'ignoranza del Greco in Dante, che qualora la principal sua scorta fosse stato qualche Poeta di quel linguaggio, ad esso, e non a Virgilio averebbe rivolte le sue parole nell'incominciamento del primo canto dell'Inferno. Poichè se si voglia considerar la faccenda senza passione, questo sottil raziocinio non esclude la perizia del greco Idioma, mentre può ben essere che di Virgilio si servisse il nostro Poeta per il suo mirabil viaggio, a motivo d'aver trovato esser egli l'inventore della discesa al soggiorno dell'anime de' trapassati, e perchè ne' suoi versi latini da primo formasse veramente il bello stile che tanto onore gli ha fatto, e non in quelli d' Omero in età più matura da lui presi fra mano. Comunque sia di tutto questo, sopra di che, siccome per il passato, così in futuro saranno divisi i pareri de' dotti, volendo procedere al nostro cammino è da premettere che le leggi, ed ordinazioni della nostra Repubblica inviolabilmente comandavano a chiunque voleva essere ammesso al godimento de' pubblici magistrati l'aggregarsi ad iscriversi in una delle arti in cui la città era divisa: in numero prima di 14. poi di 21. erano queste in Firenze, alcune delle quali dicevansi maggiori, altre minori; sotto alle medesime erano compresi tutti i cittadini, quantunque mestiero alcuno non avesse esercitato. Fra le arti maggiori la sesta era quella dei Medici, e degli Speziali, e quivi si sa che Dante si fece descrivere, o come si usa dire presso di noi, matricolare. E volendo egli impiegarsi ne' suoi più verdi anni per benefizio della Patria, crede' che il prendere il partito della milizia non disconvenisse ad uno, che le arti di pace aveva particolarmente preso a coltivare. Avendo dunque i Fiorentini l'anno 1289. deliberato di andare contro Arezzo per vendicare i torti ricevuti dai Ghibellini, i quali ivi sotto il dominio del Vescovo Guglielmino degli Ubertini dell'antica famiglia dei Pazzi di Valdarno (più atto all'esercizio delle armi, che al governo pastorale delle anime), facevano il loro nido, adunarono un formidabile esercito composto dei più valorosi Guelfi di Bologna, e di Toscana loro alleati. In esso fra i soldati a cavallo si volle trovare il nostro Dante, e con gli altri arrivato nel Cosentino presso Poppi, incontrò i nemici, i quali benchè inferiori di forze nulla temevano, resi animosi dalla vittoria ottenuta l'anno innanzi sopra i Senesi alla Pieve al Toppo. Messer Amerigo di Nerbona Capitano della Cavalleria de' Fiorentini, o come racconta Dino Compagni, messer Barone de' Mangiadori da S. Miniato dette ordine che il nostro esercito non fosse il primo ad attaccare la battaglia, ma che si aspettasse di pie' fermo l'assalto che mostravano di voler dare gli Aretini. Un tal consiglio procurò senza fallo la vittoria ai Guelfi, mentre i Ghibellini di Arezzo, essendosi spinti con forza, e valore contro dei nostri averebbero certamente disfatta tutta l'armata, come della Cavalleria era loro riuscito di fare, se dopo una fiera resistenza non fossero stati costretti di cedere al numero maggiore. Questa famosa battaglia accadde un sabato mattina agli 11. di Giugno in un luogo detto Certomondo nel piano situato tra Poppi e Babbiena che chiamasi Campaldino, e fu molto dannosa ai Ghibellini, perchè in essa perderono il Vescovo Guglielmino, Buonoconte da Montefeltro, figliuolo del celebre Guido, e non pochi altri valorosi Cavalieri del loro partito. Narra Leonardo Aretino, che in questa azione Dante si trovava a combattere nella prima schiera, ove portò gravissimo pericolo, e che in una sua Lettera latina l'aveva minutamente descritta. L'anno dopo 1290. del mese d'Agosto i Lucchesi con l'ajuto de' Fiorentini, e degli altri loro collegati, si volsero contro i Pisani, e fra i molti danni fatti ad essi, uno fu la presa del Castello di Caprona, non molto discosto da Pisa. In questa spedizione ancora vi fu Dante, il quale ci racconta di aver veduto uscire ignominiosamente pieno di timore il presidio di quel Castello.

IX.

DELLE AMBASCERIE DI DANTE.

I fatti degli uomini illustri restano molte volte nascosti alla posterità, perchè coloro i quali doveano di essi lasciare nei loro scritti la memoria, non si crederono che tanto noi dovessimo desiderare di essere informati delle più minute cose ai medesimi appartenenti. Perciò poco possiamo ridire delle ambascerie, le quali Dante sostenne, essendoci state appena indicate dagli Scrittori, benchè queste fossero nè poche di numero, nè di poca importanza. Giovan Mario Filelfo è il solo che di esse parli con qualche precisione, ed a me non è riuscito di poterne per altra parte sapere di più. "Quatuor ac decem" dice egli "legationibus est in Rep. sua functus: ad Sanenses pro finibus, quos suo nutu composuit: ad Perusinos pro civibus quibusdam Perusii detentis, quos secum reduxit Florentiam: ad Venetorum Rempublicam pro jungendo foedere, quod effecit ut voluit: ad Regem Parthenopaeum cum muneribus contrahendae amicitiae gratia, quam contraxit indelebilem: ad Estensem Marchionem in nuptiis, a quo praepositus est Legatis reliquis: ad Genuenses pro finibus, quo composuit optime; ad Regem Parthenopaeum rursus pro liberatione Vanni Barducci, quem erat ultimo affecturus supplicio. Liberavit autem Dantis Oratio egregia illa, qua sic incipit: Nihil est, quo sis, Rex optime, conformior Creatori cunctorum, et Regni tui largitori, quam misericordia, et pietas, et afflictorum commiseratio etc. Ad Bonfifacium Pontificem Maximum quarto fuit Orator, semperque impetravit, quae voluit, nisi ea legatione, qua nondum erat functus, cum exul factus est. Ad Regem Hunnorum bis missus exoravit omnnia. In Galliam ad Regem Francorum orator aeternum amicitiae vinculum reportavit, quod in hodiernum usque diem radices habet. Loquebatur enim idiomate Gallico non insipide, ferturque ea lingua scripsisse non nihil". Fu Ambasciatore al Comune di San Gimignano e paciario efficace tra i Malaspini nel 1306.

X.

DELL'UFFIZIO DEL PRIORATO, E DELL'ESILIO DI DANTE.

Pervenuto il nostro Dante all'età di anni 35. fu creato dei Priori, Supremo Magistrato nella Repubblica Fiorentina, ed eguale nella Giurisdizione al Gonfalonierato. Si costumava allora di eleggere, non di estrarre dalle Borse delle respettive Arti, come di poi si usò, questi Priori, i quali per altro dovevano prendersi anche in quel tempo fra quei Cittadini che erano in alcuna delle dette Arti matricolati; o per meglio dire ascritti. Risedè Dante in questo uffizio dal dì 15. giugno al dì 15. agosto del 1300. essendo Gonfaloniere di Giustizia Fazio da Micciola. In questo tempo principiarono tutte le avversità del nostro Poeta a motivo delle civili fazioni, che regnavano nella Repubblica. Benchè fosse stato discacciato dalla Patria fino dall'anno 1294. Giano della Bella ardito difensore della verità, non ostante le cose non rimasero quiete in Firenze, e quei che in qualche modo avevano favorito la parte di Giano, erano in varie maniere molestati dagli avversarj, i quali non lasciavano di corrompere ancora la giustizia per arrivare ai loro fini. La mala amministrazione del Governo fomentava le gare dei privati cittadini, che per pascolare la loro ambizione, non per desiderio di giovare alla Patria, si procuravano i primi Uffizj della Repubblica, nei quali potevano più comodamente dare sfogo alle loro passioni, danneggiando gl'inferiori. Fra le altre famiglie potenti si distingueva allora quella dei Cerchi "uomini di basso stato, ma buoni mercatanti, e gran ricchi i quali abitavano nel Sesto di Por San Piero presso a' Donati più antichi di sangue, ma non sì ricchi", onde questi cominciarono a nutrire molto odio contro i Cerchi, quasi vergognandosi di vedersi superati da quei che erano loro inferiori per nobiltà. Questa invidia, a poco a poco accrescendosi, venne a tanto, che messer Corso Donati cavaliere di grand'animo e nome, per vendicarsi dei Cerchi, i quali avevano procurato di torgli un'eredità, fece avvelenare alcuni di loro. Un tal fatto, benchè non si fosse potuto provare, impegnò i Cerchi a farsi dei partitanti, e tal cosa non fu loro difficile l'ottenere, perchè ricchi erano, e popolari, e facilmente si prestavano agli altrui servigj. Crescendo l'odio per una parte e per l'altra, ed essendo già la città in due fazioni divisa, fu sparso dagli aderenti dei Donati, che i Cerchi per farsi forti avevano fatta lega con i Ghibellini di Toscana; la qual cosa avendo risaputa il

Pontefice Bonifazio VIII. che allora reggeva la nave di Pietro, mandò a Firenze, per pacificare apparentemente i due partiti, Matteo d'Acquasparta Cardinale Portuense, ma in effetto per abbassare i Cerchi , perchè temeva che se più si fosse avanzato il fuoco della discordia, i Guelfi aderenti alla Chiesa non venissero a decadere, come altre volte era accaduto, dal governo della Repubblica Fiorentina. Conosciutasi dai Fiorentini la vera intenzione del Legato, forte se ne sdegnarono; onde presero per compenso di fare in modo, che egli di qui si partisse; ed intanto, per soffogare il primo impeto delle due fazioni, mandarono a confine i capi di esse. Non per questo restarono in pace quei che erano rimasi dentro la città; anzi la sfrenata licenza di alcuni giovani della fazione dei Donati avendo la sera del dì di primo maggio 1300. tentato di offendere i Cerchi, e fra l'altre cose avendo troncato il naso ad un tal Ricovero o Ricoverino di questa casata; di qui nacque un maggiore incendio, per cui tutta avvampò la città nostra. Ad una tale sciagura se ne aggiunse un'altra, che non meno servì di pascolo al fuoco della discordia, il quale già troppo grandemente minacciava un generale esterminio. La città di Pistoja risentiva in quel tempo, non meno della nostra i cattivi effetti delle cittadinesche discordie, mentre la famiglia de' Cancellieri, una delle più numerose e potenti, che fossero allora in Toscana, essendo divisa in due fazioni a cagione di brighe sopravvenute fra loro, aveva svegliato nel restante dei cittadini lo spirito di parzialità per alcuna parte di essa. I Fiorentini, prendendosi forse maggior cura di ciò che fuori accadeva, di quello che facessero degli scompigli, nei quali si trovava la loro propria città, crederono di doversi interessare in porre in pace i Pistojesi; e perciò fecero ogni sforzo per costringere i capi delle due fazioni a venire a Firenze. Ma siccome in quel tempo bollivano fortemente le gare dei Cerchi e dei Donati, così quei del partito dei Cancellieri neri (giacchè in Cancellieri neri, e in Cancellieri bianchi era divisa questa casata, e la città tutta di Pistoja) essendosi ridotti nelle case dei Frescobaldi oltr'Arno, che erano del partito dei Donati, e gli altri in quelle dei Cerchi, non fecero che maggiormente porre in iscompiglio i nostri cittadini, i quali allora scopertamente si dichiararono per una delle due fazioni. Essendo adunque a mezzo giugno entrato nell'Uffizio del Priorato il nostro Dante, e proponendosi di cercare un compenso per sopprimere i mali che da tante divisioni erano minacciati, fu da alcuni creduto, che il miglior rimedio di tutti fosse il procurar la venuta di Carlo di Valois Conte d'Angiò, e fratello di Filippo il Bello re di Francia. Stimò Dante, il quale era del partito dei Cerchi, benchè avesse per consorte una della casata dei Donati, che una tal venuta in Toscana di Carlo poteva apportar danno ai Bianchi, ai quali il Pontefice Bonifazio VIII. mostrava bene di esser contrario, e a tutta sua possa vi si oppose, benchè inutilmente, come fra poco vedremo. In questo mentre essendo tornati alcuni della parte bianca dal loro confine, gli amici dei Donati si radunarono nella Chiesa di S. Trinità, perchè dispiaceva loro di veder rimessi nella Patria quei cittadini, che odiavano come nemici, quantunque membri di un medesimo corpo, ed ivi risolsero di usare ogni mezzo per rovinargli. La Signoria mal volentieri sofferse un tal fatto, e per punire quei che avevano maneggiata la congiura, condannarono Messer Simone dei Bardi, il Conte Guido da Battifolle, e Federigo Novello suo figliuolo. Ma non ostante questo, tanto si adoperarono i Neri presso Bonifazio VIII. che egli promesse di procurar ad essi l'ajuto del suddetto Carlo "il quale era partito di Francia per andare in Sicilia contra Federigo" secondo figliuolo di Piero d'Aragona, e successor di suo padre nel Regno. Giunto questi in Bologna si ristette per allora dall'intromettersi negli affari dei Fiorentini, che non avevano mancato di spedir colà Ambasciatori per pregarlo a non esercitare alcun segno di ostilità contro di loro, e passando presso Pistoja nell'agosto del 1301. senza entrare nella città, mostrando per altro contro ad essa mal talento, andò al Pontefice, da cui fu onorato del titolo di Conte di Romagna, Capitano del Patrimonio, e Signore della Marca di Ancona. Cominciò allora il Papa a trattare con i capi di parte nera, e particolarmente con Messer Corso dei Donati, di spedir Carlo in Toscana, prima che passasse in Sicilia contra Federigo; e perciò fornitolo di danaro e di truppe, lo inviò per la parte di Siena a Firenze. Fermatosi Carlo nella detta città di Siena spedì alla nostra Repubblica alcuni Ambasciadori, e fra questi un messer Guglielmo "cherico, uomo disleale e cattivo, quantunque in apparenza paresse buono e benigno" per intendere se aderiva che venisse per Paciario in Toscana. Dopo una lunga consulta fu risoluto di sì, e per onorare maggiormente la venuta di Carlo, la Signoria gli mandò incontro Ambasciadori commettendo ai medesimi, che procurassero di ottenere una capitolazione, in virtù della quale egli si obbligasse "che non acquisterebbe contro a noi niuna giurisdizione, nè occuperebbe niun'onore della città, nè per titolo d'impero, nè per altra cagione, nè le leggi della città muterebbe, nè l'uso"; lo che fu fatto. Stabilite in questa forma le cose, Carlo entrò in Firenze in giorno di domenica il dì 4. novembre 1301. con 1200 cavalli al suo comando, ed andò a smontare nelle case dei Frescobaldi di là d'Arno; le quali non erano ancora rinchiuse nel terzo cerchio della città. Quali scompigli, e quali revoluzioni accadessero allora in Firenze, e come con gran dissimulazione andasse procurando il detto Carlo di scacciare dal governo della Repubblica non solo, ma dalla Patria ancora i Bianchi, perchè si sospettava che costoro fossero in cuore Ghibellini; lunga cosa sarebbe il distesamente narrarlo, tanto più che di tutto questo una sincera, e patetica storia ce ne ha lasciata il nostro Dino Compagni, il quale fu presente, ed ebbe mano in ciò che allora accadde. Or Dante, come si disse, avendo con altri suoi compagni nel Priorato impedita la venuta in Firenze di Carlo, dopo che egli a dispetto loro vi fu arrivato, e che cominciò a portarsi in modo da far comparire il mal'animo, che nutriva contro i Bianchi, essendo stato eletto per potestà messer Cante Gabrielli da Gubbio, fu lo stesso Dante mandato in esilio, e condannato in pena pecuniaria. La via del dar bando fu questa, al dire di Leonardo Aretino "legge fecero iniqua e perversa, la quale si guardava indietro, che il Potestà di Firenze potesse, e dovesse conoscere i falli commessi per l'addietro nell'ufficio del Priorato, con tutto che assoluzione fosse seguita". Ed in vero nella sentenza di detto messer Cante del dì 27 gennajo 1302. apparisce che ex officio egli condannava all'esilio, e in ottomila lire di pena Dante Alighieri del Sesto di S.Pier maggiore con messere Palmiero degli Altoviti del Sesto di Borgo, Lippo Becchi del Sesto di Oltrarno, e Orlanduccio Orlandi del Sesto di Porta del Duomo, per avere i due primi, mentre erano Priori, contraddetto alla venuta di Carlo di Valois, e per avere commesse delle baratterie contro alle leggi. Di questa condanna fa ancora menzione Dino Compagni, là dove nella sua Storia annovera coloro, i quali furono scacciati dalla Patria, come aderenti alla fazione bianca. Egli per altro la pone nel mese d'aprile di detto anno, quando noi siamo assicurati per altra parte, che ella era stataa data tre mesi avanti. Questa sentenza venne poi confermata con altra del 10 marzo dello stesso anno, ed in essa Dante e più altri, se per sorte cadessero nelle mani del Comun di Firenze, furono condannati ad esser arsi vivi. Dante era in quel tempo presso il Pontefice, come Ambasciatore della Repubblica Fiorentina, o almeno della parte bianca, la quale se non ardì nella venuta di Carlo di mettersi in armi per bilanciare la potenza dei Neri loro nemici, almeno procurò di accomodarsi col Pontefice promettendo di ubbidire a quanto fosse stato veramente il suo volere. Ma tutto fu vano; imperciocchè ad onta delle promesse, e dei giuramenti di Carlo, messer Corso Donati rientrò in Firenze con i suoi, ed i Bianchi furono in numero di 600 miseramente scacciati. Se adunque non è la giustizia non è la giustizia, ma la prepotenza ebbe mano in questo affare, e se dal contesto della storia tutta di ciò che successe in Firenze nel tempo che quivi si trattenne Carlo di Valois, apertamente apparisce che egli, o tratto dai consigli del Pontefice, o dai denari, e dai maneggi della Parte nera, non aveva procurato di far altro, se non distruggere il partito dei Cerchi, dobbiamo noi maravigliarci che in una sentenza Dante venga dichiarato barattiere? In vero se tanti furono i disordini, e le ingiustizie commesse nella città. se l'impegno, la forza, l'odio, l'invidia consigliava in questi miserabili tempi gli animi di coloro che governavano la Repubblica, o se piuttosto i Magistrati dovevano a forza ubbidire al volere di quei privati, i quali tiranneggiavano la loro Patria, si può egli credere che Dante Allighieri macchiato fosse di quel fallo, che gli vien rinfacciato nella sentenza data da messer Cante, ed in un'instrumento del 1342? E con qual faccia poteva lo stesso Dante nella sua Divina Commediariprendere come barattieri messer Baldo di Auguglione e Bonifazio, detto Fazzio Giudice de' Mori Ubaldini, se di questa pece fosse stato imbrattato egli stesso? A ciò riflettendo Scipione Ammirato, lasciò scritto che "era necessario dire, o che sì virtuoso uomo (cioè Dante) fosse condannato a torto, come scrive il Villani, o che senza ragione metta altri nell'Inferno per il peccato, del quale era macchiato". Ma comunque fosse, racconta lAretino che non essendo comparso Dante a difendersi, nè avendo nel termine prefisso, pagata la somma di ottomila lire, in cui era stato condannato, furono i suoi Beni rubati, guasti, e poi confiscati a tenore della mentovata Sentenza. Questi suoi fondi furono dopo 40 anni dal suo figliuolo Jacopo riscattati. E quì potremmo noi esaminare se veramente avanti il suo esilio il nostro Poeta cominciasse a comporre il suo Divino Poema, se di questo non volessimo più acconciatamente in altro luogo parlare.

DI CIO' CHE ACCADDE A DANTE DOPO IL SUO ESILIO.

Sentitasi da Dante la nuova del suo esilio, prestamente partito di Roma, a Siena si condusse per intender più da vicino la relazione del fatto. Quivi avendo saputo chiaramente ciò che era seguito nella sua patria, nè vedendo alcun riparo, pensò di unirsi con gli altri esuli, e incamminatosi alla volta di Arezzo, a Gargonza piccolo Castello soggetto alla dettà Cittàcon loro si abboccò. Appena furono riuniti insieme i Bianchi in Firenze, che risolverono di fermarsi in Arezzo per raccorre un'esercito, col quale potessero tentare di aprirsi a forza la strada per il ritorno nella loro patria. Elessero con questo fine per loro Capitano il Conte Alessandro da Romena, e fecero dodici Consiglieri, del numero dei quali fu il nostro Dante. In Arezzo si trovava allora messer Busone dei Raffaelli di Gubbio, il quale come Ghibellino era stato discacciato dalla Patria due anni avanti, cioè nel mese di Giugno 1300; e quì contrasse quel forte nodo di amicizia col nostro Poeta, mercè la quale si rese celebre il suddetto Busone, particolarmente per aver poi dato ricetto in sua casa allo stesso Dante. Dino Compagnici narra che in quel tempo era Potestà di Arezzo Uguccione della Faggiuola, e che aderendo ai disegni del Pontefice Bonifazio per ambizione di vedere inalzato il suo figliuolo al Cardinalato, fece tante ingiurie ai Bianchi dell'Umbria, e della Toscana, che doverono partirsi da detta città, e andarsene a Forlì dove era Vicario della Chiesa Scarpetta degli Ordalaffi. Ma noi possiamo seguitare le orme dei Bianchi, nè facil cosa sarebbe l'indagare, se con essi sempre vi fu il nostro Poeta. Egli è per altro molto probabile, che almeno Dante sempre stesse a portata di profittare di qualunque occasione gli si presentasse, e che con i consigli, se non altro, ajutasse i suoi Cittadini, che con esso avevano comune la disgrazia di stare fuori della loro patria. Un moderno storico Pisano racconta esservi costante fama che Dante intorno a questo tempo se ne venisse a Pisa; "che quivi procurasse ogni mezzo possibile con gli altri fuorusciti di Firenze d'interessar nella loro causa i Pisani, acciò dessero loro ajuti più potenti, ed efficaci per ottenere il loro ritorno in patria a forza d'armi; che Dante certamente più dotto ed eloquente degli altri ne trattasse col Senato; che trovandosi allora i Pisani in quiete con la Repubblica fiorentina per la pace poco prima giurata, e stanchi altresì, ed afflitti dalla precedente lunghissima e sanguinosissima guerra, non vollero perciò pigliar nell'affare de' fuorusciti parte maggiore di quella che per patto di confederazione erano tenuti di prendere per i Ghibellini, e che perciò rigettassero le istanze e le premure di Dante". Per lo che, soggiunge lo stesso, nacque nell'animo di lui tanto sdegno, che d'indi in poi mostrossi così nemico de' Pisani, che quantunque Ghibellini non meno di lui, non ostante gli maltrattò con quelle nere invettive le quali andò scrivendo nel Canto XXXIII dell'Inferno. Ma siccome non fa quest'Autore molto conto di simile tradizione, quindi ancor noi passando avanti senza dirne di più osserveremo, che afflitto sommamente Bonifazio VIII, dalle ingiurie fattegli da Filippo il Bello Re di Francia suo capital nemico, mentre minacciava una strepitosa vendetta, terminò di vivere il dì 11. Ottobre 1303. e nè 22. dello stesso mese gli successe nel Papato il Cardinal Niccolò dell'Ordine de' Predicatori, Vescovo d'Ostia, il quale prese il nome di Benedetto XI. L'indole pacifica di questo nuovo Pontefice fregiato di tutte le più belle virtù, le quali convengono ad un Vicario di Cristo in terra, lo fece risolvere ad interporsi candidamente nelle civili discordie, che rovinavano l'Italia, ed in particolare la nostra Firenze. In effetto avendo nella sua prima promozione del dì 18. Dicembre del sopraddetto anno 1303. creato Cardinale di S. Chiesa Frà Niccolò da Prato della famiglia Albertini, uomo di gran sapere, e di molta capacità, lo spedì subito in Toscana in qualità di suo Legato. Egli giunse in Firenze in compagnia del P. Andrea Balducci Generale dell'Ordine de' Servi nel Marzo del 1303., computando gli anni dal giorno dell'Incarnazione del Verbo, e fu ricevuto con indicibil consolazione. Conobbe ben presto il Cardinale, come osserva il dotto Scrittore della sua Vita, che a' Nobili non piaceva che ritornassero i Bianchi alla loro Patria, ma che ciò al Popolo era incominciato ad esser cosa desiderabile, perchè vedeva che, dovendo essere continue le gare dei Bianchi e Neri, se quelli fossero stati nella città, fra loro sarebbero durate le contese, ed il Popolo sarebbe lasciato vivere in pace; se poi stavano i Bianchi di fuori, l'armi che avevano in mano, venivano ad esser non meno contro a' Neri, che contro al Popolo stesso; perciò con grande applicazione si pose a favorire il governo popolare, e con questo mezzo si conciliò grandemente l'animo della Plebe. Scrive Giovanni Villani, e Dino Compagni, che egli era di natura Ghibellino, e per questo i Bianchi si rallegrarono molto della sua venuta, e forse ancora si adoperarono presso il Pontefice, acciò lo mandasse Paciario in Toscana.

Comunque sia di ciò, egli è certo, che il Cardinale procurava di rimettere i Bianchi in Firenze o per i suoi fini particolari, o veramente per rendere la desiderata pace ad una Repubblica che tanto si era dimostrata parziale per i Pontefici. Questa buona intenzione di Niccolò dispiacque molto ai Capi della parte Nera, onde non potendo con la forza impedire l'esecuzione de' suoi pensieri, si volsero agl'inganni, e fecero a tutti credere, che egli teneva stretta intelligenza con i Fuorusciti; ed ora con finzioni, ora con offendere scopertamente la sua persona tanto si adoperarono, che il dì 9. di Giugno del 1304. senza avere nulla operato per la pace, fu il Cardinale costretto a lasciar Firenze in gran confusione. Andò tosto Niccolò a ritrovare il Papa in Perugia, e poco appresso vi vennero ancora molti Capi della fazione dei Neri che governavano Firenze, o fosse per iscusarsi volontariamente del cattivo trattamento fatto al Legato, o perchè Benedetto gli avesse obbligati a portarsi da lui, per rendergli conto di ciò che era seguito. In questo mentre i Bianchi fuorusciti pensarono di tentare l'ultimo sforzo per riacquistare la loro Patria. Invitarono adunque nascostamente tutti quelli del loro partito per essere in un giorno determinato in un certo luogo, e (senza saputa dei Neri che erano in Firenze) in numero di 1600 uomini d'arme a cavallo, e 9000 pedoni, arrivarono alla Lastra, luogo distante due miglia dalla città per la parte di tramontana. E' facile a comprendersi in quale spavento si trovasse Firenze, e quei principalmente, contro dei quali erano rivolte le forze dei Bianchi. La troppa fretta per altro che ebbero questi di accostarsi alle mura, prima che fosse riunito tutto quell'Esercito, che da varie parti attendevano, e la poca perizia di Baschiera Tosinghi che era quasi lor Capitano, fece loro perdere il frutto della vittoria. Imperciocchè entrati con poco contrasto nella città, e condottisi fino presso la Chiesa di Santa Reparata, sorpresi da un falso timore, conoscendo già, che più non erano ajutati da quei di dentro, con i quali avevano avuto intelligenza, dubitando d'esser traditi, si volsero indietro, e pieni di confusione senza più, lasciarono l'impresa. Io non dubito punto, che fra coloro i quali vennero per sorprendere la nostra città non vi fusse il nostro Dante, ma avendo veduto riuscir vana la speranza concepita di rientrare nella Patria, è probabile che lasciasse la Toscana, ed in Padova si refugiasse. Quivi si trattenne certamente qualche tempo, trovandosi per sicuri riscontri, che egli vi aveva fermato il piede nel 1306. Era già seguita la morte di Benedetto XI. e già in luogo di lui era stato eletto Papa, per i maneggi del mentovato Cardinale

Niccolò, Bertrando del Gotto, Arcivescovo di Bordeaux ne' 23. di Luglio 1305. il quale aveva preso il nome di Clemente V. Questo Pontefice era creatura di Bonifacio VIII. e benchè gli Elettori lo avessero creduto nimico del Re di Francia Filippo il Bello, non ostante si era riconciliato con esso lui per ottenere il Papato, ed egli fu quello che trasferì da Roma in Avignone la Santa Sede Apostolica, ove 70. anni in circa vi si mantenne. Or Clemente V. per consiglio del detto Cardinale da Prato, mandò suo Legato in Toscana il Cardinale Napoleone degli Orsini per liberare la città di Pistoja dall'assedio, con cui la tenevano stretta i Fiorentini, e per torre, se fosse stato possibile, le fazioni. Essendo state per altro, nel tempo che era per viaggio, aperte le porte di Pistoja ai Fiorentini, il Legato si ristette dal porre il piede in Toscana, e ad altre cose volse il pensiero, finchè l'anno dopo 1307. dalla Romagna passò in Arezzo, e si diede a radunar gente per vendicarsi dei Fiorentini, i quali non avevano voluto prestargli ubbidienza; ma nè con l'armi alla mano, nè coi preghi pote' da essi ottenere di rimettere gli esiliati in Firenze; onde rimosso dalla legazione per segrete cabale dei Fiorentini, se ne ritornò di là da' monti al Pontefice. Io trovo che in questo medesimo anno 1307. i Ghibellini, ed i Bianchi fecero un congresso nella Sagrestia della Chiesa Abbaziale di S.Gaudenzio in Mugello, nel quale intervenne il nostro Dante. Egli è per questo da credersi che avendo sentito il nostro Poeta il preparativo, che faceva il Cardinale Orsini per ajutare i fuorusciti, da Padova si fosse qua portato su la speranza di rientrare con gli altri suoi compagni nella Città, e senza fallo io stimo che esso fosse nel Castello di Monteaccanico della Casa Ubaldini di Mugello, quando venne in potere dei Fiorentini, salve le persone che dentro vi tovarono, siccome racconta il Villani. Essendo adunque questa volta ancora svanita la speranza dei fuorusciti, i quali credendo di riacquistare la loro patria, avevano speso assai senza alcun frutto, mai più si raunarono, come dice Dino Compagni. Allora Dante vedendo le cose sue ridotte a mal partito, se ne andò nella Lunigiana per implorare la protezione del Marchese Maorello Malaspina, il quale benchè avesse molto favorita la fazione dei Neri, con tutto questo essendo un gentile e cortese Signore, graziosamente ricevè Dante; onde per segno di gratitudine per le gentili accoglienze fattegli da detto Marchese Maorello, a lui dedicò la seconda Cantica della sua Commedia, cioè il Purgatorio. Che poi in quest'anno appunto 1306. come apparisce dalla missione a Sarzana si portasse Dante nella Lunigiana, ed ivi fosse dal Marchese Maorello con molta piacevolezza accolto e trattenuto, non può contrastarsi, perchè di tanto lo stesso Dante ce ne assicura.

47

XII.

DEL TEMPO, IN CUI SI TRATTENNE DANTE NELLA CORTE DEGLI SCALIGERI IN VERONA.

Si rende molto difficile il fissare il tempo, nel quale il nostro Dante Allighieri passò a Verona presso gli Scaligeri, Signori di essa, e lo stabilire quanto ivi si trattenne. Il Marchese Scipion Maffei, seguendo il Boccaccio, lasciò scritto che Dante cacciato di Firenze per la forza delle fazioni, se ne era andato a Verona per cercar ricovero presso gli Scaligeri. Di questo sentimento fu ancora Monsignor Giusto Fontanini; ma se mal non mi oppongo, io credo che non prima dell'anno 1308. si possa con qualche fondamento riporre il passaggio del nostro Poeta a Verona. Per la morte di Alberto della Scala succeduta l'anno 1301., restò la signoria di quella città a Bartolommeo suo primogenito, il quale per poco tempo di essa tenne il governo. Mancò egli di vivere il dì 7. marzo 1304. e nel dominio gli successe il suo fratello Alboino. Non molto tempo dopo ad Alboino fu dato per compagno Cane suo fratello, il quale restò Signore assoluto di Verona nel febbrajo del 1311. per avere allora terminato di vivere il suddetto suo maggior fratello Francesco. Ora nel Canto XVII. del Paradiso, avendo il Poeta immaginato, che Cacciaguida nel predirgli i casi della sua futura vita, gli dicesse:

Lo primo tuo rifugio, e 'l primo ostello

Sarà la cortesia del gran Lombardo,

Che 'n su la Scala porta il santo uccello

I sopra mentovati scrittori, e molti altri prendendo alla lettera le accennate parole, crederono che non altro ci volesse per istabilire la gita di Dante a Verona subito dopo il suo esilio dalla Patria. E vero che nei detti versi chiaramente è indicato Alboino della Scala Signore di Verona, ma questo appunto dimostra che non subito dopo il suo esilio passò Dante alla Corte degli Scaligeri, perchè la detta condanna accadde nel 1302., ed Alboino non prima del 1304. divenne Signore di Verona. Che se l'illustre Marchese Maffei avesse scrupolosamente esaminati i suddetti versi, e combinati con quanto di Cane fratello di Alboino, poche righe sotto, soggiunge il Poeta, senza dubbio si sarebbe accorto, che in quel luogo non aveva preteso Dante di parlare rigorosamente come egli credette. A lui non era noto che nel 1306. in circa fosse Dante trattenuto, come dicemmo, in Padova, nè che nel 1307. di nuovo fosse passato in Toscana; ed è probabile che non facesse riflessione a quanto della dolce accoglienza, fattagli da Maorello Malaspina, lasciò scritto lo stesso Poeta nel VIII. Canto del Purgatorio. Nè citati versi del Paradiso, ed in quei che ad essi vengono dietro, non tanto celebra Dante la liberal cortesia d'Alboino, quanto in Cane suo fratello; onde da ciò ancora si trae argomento per credere, che non prima del 1308. da essi fosse nella loro Corte benignamente ricevuto. Imperiocchè in quell'anno solamente, e negli altri successivi si può dire, che Dante avess luogo di sperimentare gli effetti della loro generosità, perchè non prima ambedue governarono Verona. Girolamo della Corte nella sua Storia di Verona all'anno 1306. narra che per le preghiere di Dante aveva Can della Scala mandata una truppa dei suoi in favore dei Bianchi fuorusciti di Firenze, sotto il comando di Scarpetta degli Ordelaffi, ma io non posso all'autorità del mentovato Scrittore dare in questo fatto tutta la fede, mentre da' suddetti riscontri siamo portati a credere, che ancora in quell'anno non fosse il nostro Poeta passato a Verona. Partitosi adunque Dante da Maorello Malaspina se ne andò a Verona per implorare dagli Scaligeri Signori di essa, qualche ajuto. Governava allora, come si disse, quella città in compagnia del giovinetto Can Francesco, il fratello Alboino Principe quieto, pacifico, amorevole, e giusto amatore dell'onor di Dio, del ben pubblico, e dei Letterati. Da esso fu con molta cortesia ricevuto e trattenuto presso di se, colmandolo d'infiniti benefizj ed onori; e di lui non si dimostrò verso il nostro Poeta meno liberale il detto Can Francesco suo fratello. Egli era uno dei più notabili, e magnifici Signori che si sapesse essere in quei tempi in Italia; onde per questo e per il suo valore che mostrò nelle guerre avute contro i Padovani meritossi il titolo di Grande, perchè la sua Corte era un sicuro asilo per tutti coloro, i quali erano stati maltrattati dalla fortuna, e principalmente per quelle persone che o per lettere, o pel mestiero delle armi, o per singolarità in qualche arte erano divenute famose. Quivi Dante, si trattenne del tempo, trattato con molta liberalità da due fratelli Scaligeri, e forse in Verona fece venire allora Pietro suo figliuolo, il quale non meno del padre attendeva a coltivare lo spirito coll'acquisto delle umane lettere, e della Giurisprudenza. A Dante era toccato in sorte un animo altero e sdegnoso, e per questo poco atto a vivere nelle Corti dei gran Signori, nelle quali di rado si fa un'illustre fortuna senza servil docilità, e compiacenza ai voleri altrui. Quindi a poco a poco andò perdendo col suo costume alquanto aspro, e col suo parlar libero la grazia dei detti Scaligeri, ed insieme decadè da quella dei Cortigiani. Cane lo interrogò per questo un giorno in presenza di molti, circa alla ragione perchè ai suoi fosse più grato un suo buffone sciocco e balordo, che esso, il quale era stimato sapiente: al che Dante senza riguardo rispose subito, che di ciò non conveniva che alcuno se ne meravigliasse, perchè la similitudine e l'uniformità dei costumi era quella che partoriva grazia ed amicizia. Allo stesso Cane dedicò la Terza Cantica della sua Commedia, alla quale diede forse compimento sotto l'ombra di lui.

DELLA VENUTA DI ARRIGO VII. IN ITALIA, E DELLE AVVENTURE DI DANTE IN TAL TEMPO.

Essendo succeduta la morte di Alberto Austriaco Re de' Romani il dì primo maggio 1308. si trattò senda indugio di eleggergli un Successore. Erano in ciò discordi gli Elettori, onde il Re di Francia Filippo il Bello credè di dover profittare di tal cosa per far cadere quella Corona in capo di Carlo di Valois suo fratello. Ma il Pontefice Clemente V. temendo che questo potesse arrecare troppo pregiudizio agl'interessi della Santa Sede, diretto dai consigli del Cardinale Niccolò da Prato, fece che senza dilazione fosse scelto al geloso uffizio Arrigo Conte di Lucemburgo "uomo savio, e di nobil sangue, giusto, e famoso, di gran lealtà, pro d'arme, e di nobile schiatta, uomo di grande ingegno e di gran temperanza". Seguì questa elezione il dì di S.Caterina cioè ne' 24. novembre di detto anno 1308. con molta maraviglia di tutti, non sapendo come egli che di pochi stati era provveduto, fosse a tanti altri potenti Principi preferito. Non indugiò Arrigo a prepararsi a venire in Italia a prendere la Corona imperiale. Crederono in questa occasione i Ghibellini delle città di Lombardia e di Toscana di veder migliorare le loro cose; ed in effetto ovunque passava nel cammino, che fece per andare a Roma, metteva pace "come fosse un'Angiolo di Dio" sostenendo sempre gl'interessi di quelli che erano del suo partito, o che dimostravano almeno di stare obbedienti a' suoi voleri. Dante pensò che questo fosse il tempo migliore per tentar nuovamente d'esser rimesso nella patria; onde si portò ad inchinare Arrigo, e forse in questa congiuntura tentò di disporre l'animo suo contro i Fiorentini, i quali si erano sforzati di sconsigliarlo per mezzo dell'Arcivescovo di Magonza dal valicare i monti, e non avevano da prima umilmente risposto agli ambasciatori, che dal detto Arrigo erano stati spediti. Con sua lettera ancora diretta ai ai Re d'Italia, e a' Senatori di Romacercò Dante di sollecitare la coronazione di Arrigo, e per essere più al fatto di ciò che succedeva, venne in Toscanella piccola città del patrimonio di S.Pietro, di dove scrisse un'altra lettera allo stesso Arrigo in data del dì 26. aprile 1511., nella quale con nuove istanze lo pregava a volgere le sue armi contro la città nostra, sgridandolo, per così dire, della sua poca sollecitudine in adempire alle richieste de' suoi devoti: nè altro frutto ei ne ritrasse se non che una terza condanna poferita in quell'anno istesso. Arrigo dopo essere stato coronato in Roma nella Chiesa di S. Giovanni Laterano dal cardinale Niccolò da Prato, dal cardinale Luca da Fiesco Genovese, e dal cardinale Arnaldo Pelagrù Guascone per ordine del pontefice Clemente V.il dì 29. di giugno festa dei SS. Apostoli Pietro, e Paolo dell'anno 1512., per il contado di Perugia si trasferì a Cortona e poi ad Arezzo, ed in seguito prese la via di Firenze, intorno alla quale si accampò il dì 19. settembre dello stesso anno. Lo sdegno concepito dall'Imperatore contro i Fiorentini, perchè questi apertamente si erano uniti con Roberto Re di Napoli, figliuolo di Carlo II. che gli aveva serviti in qualità di Capitano più anni avanti nell'assedio di Pistoja, fu un semplice fuoco di paglia, poichè la mancanza dei viveri, ed il vedere che non era facile impresa il prender per forza la città, tanto più che incominciava a vacillare la sua salute, lo indusse a pensare di ritirarsi dall'assedio la notte del dì 31. ottobre, avendo per quanto potette danneggiate le castella del di lei contado. In questo assedio per riverenza della patria non si volle ritrovar Dante, il quale nella prossima estate vedde svanite tutte le concepite speranze. Imperciocchè avendo Arrigo tentato senza frutto di aver Siena, ed essendosi in questo tempo assai più avanzato il suo male, che sulle prime aveva fatto mostra di non curare, cessò di vivere a Buonconvento 12. miglia lontano da Siena il dì 24. agosto 1313. mentre appunto si disponeva a passare in Sicilia contro il Re Roberto. Questo accidente rese vano tutto il prognostico che nel Canto XXXIII. del Purgatorio finse Dante, che gli fosse fatto dalla sua Beatrice, ed insieme gli fece ben conoscere, che per esso non vi era più speranza di rientrare in Firenze. E' certo che le arti da lui usate per infiammar d'ira contro a' suoi cittadini l'Imperadore, furono la cagione che di nuovo l'anno 1315. nel mese di ottobre fosse riconfermata la sua condanna dal cavalier Ranieri del già Messer Zaccaria da Orvieto Vicario del Re Roberto di Napoli in Firenze, sotto coperta di non esser comparso nel primo giudizio. Nel tempo che l'Imperatore si trovava in Italia, è probabile che Dante si ponesse a scrivere il suo famoso libro de Monarchia, nel quale prese arditamente a sostenere i diritti dell'Impero Romano.

XIV

DI CIO' CHE SUCCESSE A DANTE ALLIGHIERI DAL TEMPO IN CUI MANCO' DI VITA L'IMPERATORE ARRIGO VII. FINO ALLA SUA MORTE.

Giovanni Boccaccio narra, che disperatosi Dante per la morte impensatamente succeduta dell'Imperatore Arrigo "senza andare di suo ritorno più avanti cercando, passate le alpi d'Appennino, se ne andò in Romagna" là dove l'ultimo suo dì, che alle sue lunghe fatiche doveva por fine, lo aspettava. Ma Leonardo Aretino che da vero Storico scrisse la Vita del nostro Poeta, più esattamente ciò che ad esso successe in questo tempo racconta, dicendo che dopo l'accennato successo "povero assai trapassò il resto di sua vita, dimorando in varj luoghi per Lombardia, per Toscana e per Romagna, sotto il sussidio di varj Signori, per in fino che finalmente si ridusse a Ravenna, dove finì sua vita". Non è facil cosa il rintracciare i viaggi, che per diverse parti fece Dante, e molti ne accennano gli Scrittori, dei quali non si può sicuramente sapere il tempo. Il celebre Voltaire scrive nella sua lettera sopra Danteche egli se ne andò a Federigo di Aragona fratello di Giacomo Re di Sicilia, e pare che pensi ciò essere stato doppo che Dante vedde svanite le speranze che aveva concepite sopra Arrigo; ma di ciò non mi è noto qual buon riscontro vi sia. Il nostro cronista Giovanni Villanidice che Dante sbandito di Firenze "andossene allo Studio di Bologna, e poi a Parigi, ed in più parti del mondo". Giovanni Mario Filelfovuole, che avanti di andare a Parigi l'Allighieri applicasse in Cremona allo Studio della Filosofia sotto un tal Giovanni Conti, e poi in Napoli sotto Paolo Archino, uomini di sommo merito in quella professione. Io non ho trovato fin quì alcun riscontro di quanto dice il Filelfo, e l'Aretino neppur fa motto dell'essere stato Dante nell'Università di Parigi. Il Boccaccio per altro non solamente ci assicura di ciò, ma ci dice ancora, che essendo Dante a studio in detta città, sostenne in una disputa de quolibet, la quale si faceva in una Scuola di Teologia, "quattordici questioni, da diversi valent'uomini, e di diverse materie con loro argomenti, pro et contra, fatti da' proponenti, e senza metter tempo in mezzo, raccolte, e ordinatamente, come poste erano state, recitò" e Domenico di messer Bandino di Arezzo racconta che da giovanetto avanti di applicarsi agli impieghi civili della Repubblica facesse i suoi studi nella predetta Università. Quello che a suo luogo abbiano narrato dei primi anni della vita di Dante pare che escluda in quel tempo un tal viaggio. Ma se vero è, come sulla fede del mentovato Filelfo si disse di sopra che Dante fosse dalla Repubblica Fiorentina inviato Ambasciatore al Re di Francia, può ben'essere, che nel tempo che colà si trattenne, per non passare in ozio i suoi dì, concorresse con gli altri a sentire in quella celebratissima Università le lezioni di tanti chiari soggetti che in essa insegnavano; e che ivi si esercitasse a disputare secondo il costume sopra le questioni che venivano da quei Professori proposte; e secondo un tal supposto è probabile che allora egli conoscesse quel Sigieri celebre maestro di Logica, di cui parla encomiandolo nel X. Canto del Paradiso; o che sotto di lui si applicasse ad imparare profondamente questa Scienza, la quale costituiva in quel tempo la maggior parte del sapere umano. Vi fu chi messe in dubbio che Dante sia stato a Parigi, ma forse altrove gli sarebbe stato difficile di profondarsi tanto nelle scienze, quanto in quello Studio; e non è inverisimile, che procurasse di andarsene colà dove era in quel secolo per così dire, la sede della dottrina, e dove era fresca la memoria del dottissimo e santissimo Tommaso d'Aquino, di cui parla in più luoghi del suo Poema. Comunque sia di ciò, non ho certamente lumi bastanti per istabilire almeno con sicurezza il tempo preciso di questa sua gita in Parigi, nè delle altre che abbiamo accennate. E per ischiarimento di quello che dice Leonardo Aretino, è da avvertirsi, che Dante, secondo ciò che racconta il Boccaccio, non solamente si rifugiò per alcun tempo nella Lunigiana presso il marchese Malaspina, e presso i Signori della Scala in Verona, ma ancora presso la famiglia Paratico di Brescia come pure in Casentino col Conte Salvatico, e con quei della Faggiuola ne' monti vicino ad Urbino. Quando tal cosa accadesse, cioè se avanti, o dopo l'anno 1313. in cui morì l'Imperatore Arrigo, io non mi trovo aver tanto in mano da deciderlo sicuramente, non essendo concordi quelli Scrittori, i quali hanno parlato delle avventure del nostro Poeta. Vi è poi costante tradizione, che Dante dopo essersi veduto privo di qualsivoglia speranza di ristabilirsi nella patria, datosi in preda a' suoi tristi pensieri, si ritirasse a compire il suo Poema nel Monastero dell'Ordine Camaldolense di S. Croce di Fonte Avellana, luogo orrido e solitario, situato nel territorio di Gubbio, nel qual monastero le camere, ove si crede che abitasse, diconsi di presente le camere di Dante; ed in esse per conservare la memoria di tal fatto, vedesi sotto un busto di marmo rappresentante il Poeta, la seguente iscrizione:

HOCCE CUBICULUM HOSPES

IN QUO DANTES ALIGHERIUS HABITASSE

IN EOQUE NON MINIMA PRAECLARI AC

PENE DIVINI OPERIS SUI PARTEM COM-

POSUISSE DICITUR UNDIQUE FATISCENS AC

TANTUM NON SOLO AEQUATUM

PHILIPPUS RODULPHIUS

LAURENTII NICOLAI CARDINALIS

AMPLISSIMI FRATRIS FILIUS SUMMUS

COLLEGII PRAESES PRO EXIMIA ERGA

CIVEM SUUM PIETATE REFICI HANCQUE

ILLIUS EFFIGIEM AD TANTI VIRI MEMO-

RIAM REVOCANDAM ANTONIO PETREIO

CANON. FLOREN. PROCURANTE

COLLOCARI MANDAVIT

Kal. Maii M.D.L.VII.

Camaldolense di S. Croce di Fonte Avellana, luogo orrido e solitario, situato nel territorio di Gubbio, nel qual monastero le camere, ove si crede che abitasse, diconsi di presente le camere di Dante; ed in esse per conservare la memoria di tal fatto, vedesi sotto un busto di marmo rappresentante il Poeta, la seguente iscrizione:

HOCCE CUBICULUM HOSPES

IN QUO DANTES ALIGHERIUS HABITASSE

IN EOQUE NON MINIMA PRAECLARI AC

PENE DIVINI OPERIS SUI PARTEM COM-

POSUISSE DICITUR UNDIQUE FATISCENS AC

TANTUM NON SOLO AEQUATUM

PHILIPPUS RODULPHIUS

LAURENTII NICOLAI CARDINALIS

AMPLISSIMI FRATRIS FILIUS SUMMUS

COLLEGII PRAESES PRO EXIMIA ERGA

CIVEM SUUM PIETATE REFICI HANCQUE

ILLIUS EFFIGIEM AD TANTI VIRI MEMO-

RIAM REVOCANDAM ANTONIO PETREIO

CANON. FLOREN. PROCURANTE

COLLOCARI MANDAVIT

Kal. Maii M.D.L.VII.

sono falsamente dati a credere, che ovunque si trattenne il nostro Dante, ivi ancora faticasse intorno alla Commedia, nel compor la quale spese certamente più tempo. Nè prima dell'anno 1313. pare, che Dante potesse ricorrere a messer Busone, con cui aveva stretto una forte amicizia, fin da quando nel 1304. si trovò con esso in Arezzo; imperciocchè il detto messer Busone era stato discacciato con gli altri della sua famiglia, come Ghibellino, da Gubbio sua Patria nel mese di Giugno 1300., e quando nel 1310. in circa gli riuscì di rientrare in Gubbio, poco tempo vi si trattenne, essendo stato nuovamente costretto ad uscirne. Nel 1318. per altro dice Francesco Raffaelli, che Busone, il quale era già stato nel 1316. potestà di Arezzo, e nel 1317. potestà del Comune di Viterbo, ritornò a Gubbio, e che nel mentovato Castello di Colmollaro fermò la sua dimora. Ora è molto probabile, che in questo tempo messer Busone desse albergo, e trattenesse in sua casa il nostro Dante, e che mirando questi con qual premura attendeva Busone all'educazione de' suoi figliuoli gli dirigesse quel sonetto, che per la prima volta comunicò al pubblico il detto Raffaelli, e che incomincia:

Tu, che stanzi lo colle ombroso e fresco ec.

Dante ebbe ancora in Gubbio discepoli, e tra questi fu quell'Ubaldo figlio di quel Bastiano autore di un opera ancora inedita intitolata Teleutelogia da noi più sopra accennata, scritta parte in prosa, e parte in versi latini di vario metro nella quale si tratta delle virtù, de' vizi e della morte. Da diversi riscontri può rilevarsi che costui scrisse sotto la disciplina del nostro maggior Poeta prima de' tempi di cui parliamo, giacchè dichiara fino da' suoi teneri anni averlo avuto per maestro, e visse certamente avanti l'anno 1354. in età matura, ma non implica contraddizione che profittasse de' di lui insegnamenti anche verso il detto anno 1313. Questo Ubaldo, figlio di Bastiano, dice nel citato Teutelogio, che apprese Lettere Greche da Dante; e rettamente il Dionisi ne inferisce, che insegnò Greco anco a Busone figlio di Busone Novello, suo ospite ed amico, poichè dice a questi in quel suo sonetto, che il figlio, a cui dava insegnamento:

S'avaccia nello stil Greco e Francesco.

Avanti che si ritirasse il nostro Alighieri presso messer Busone, cioè nel 1317. dicono alcuni storici che egli in Udine trattenendosi, e particolarmente nel Castello di Tolmino nel Friuli con Pagano Della Torre Patriarca d'Aquleja, e prima Vescovo di Padova, scrivesse buona parte delle sue Cantiche. Ma prima di questi tempi, vale a dire nel 1313. dice Monsignor Fontanini che Dante aveva preso ricovero presso Guido da Polenta, Signor di Ravenna, e che da lui era stato spedito suo Ambasciatore ai Veneziani, per rallegrarsi principalmente dell'elezione del nuovo Doge Marino Giorgi, eletto quel medesimo anno 1313. in mancanza del defunto Pier Gradenigo. L'unica prova che si abbia di questo fatto è una supposta lettera di Dante scritta al suddetto Guido di Venezia, nella quale e di detta città, e de' Veneziani parla assai svantaggiosamente, la qual lettera per moltissime ragioni è stata come un'impostura di Francesco Doni rigettata, siccome a suo luogo diremo; onde da essa non possiamo prendere alcun lume per fissare il tempo in cui Dante fu da Guido con somma cortesia nella sua Corte ricevuto. Al contrario Girolamo Rossi, il Marchese Maffei, ed altri seguendo il Villani parlano di un'Ambasceria sostenuta da Dante presso la Repubblica di Venezia per il detto Guido, ma la pongono molto più tardi, e dicono che nel ritorno da essa se ne morì Dante afflitto dal dispiacere di non aver potuto servire, come bramava il suo Signore, al quale quella Repubblica minacciava di muover guerra. Giovanni Boccaccio e Leonardo Aretino nelle rispettive Vite del nostro Poeta non fanno punto menzione di questa pretesa Ambasceria; ed il primo di questi soltanto scrive, che Guido Novello, il quale era un gentil Cavaliere, e che ne' liberali studj essendo stato ammaestrato, i valorosi uomini, e particolarmente quelli che per scienza gli altri avanzavano, sommamente con ogni distinzione onorava, con replicati inviti aveva chiamato alla sua Corte il nostro Dante, e che egli trattenuto dalla di lui cortesia, ivi per alcuni anni, cioè fino all'ultimo de' suoi giorni se ne era stato, della protezione di un così grazioso Signore felicemente godendo. Non credo adunque d'ingannarmi, se mi vado persuadendo, che a Ravenna si conducesse il nostro Dante nel 1319. e che questo fosse l'ultimo soggiorno, nel quale fino alla morte, senza mai di qui partirsi, stesse fermo a' suoi studj seriamente applicato. A questo per altro fa contro quello che si legge in un piccolo libretto, che contiene una disputa sopra i due elementi Acqua e Terra, la quale, secondo quello che in fine di esso si legge, fu sostenuta da Dante nella città di Verona il dì 20. Gennajo 1320.. Ma siccome di ciò non si ha altro riscontro, che il detto libretto impresso nel 1508. in Venezia, così o non è vero quello che in esso si dice, oppure Dante nell'essere in Ravenna si portò a Verona per rivedere i suoi, che quivi è probabile che si fossero fermati fino da quando egli si refugiò in Corte degli Scaligeri. Non è pure da tralasciarsi, per concludere di quest'ultimo periodo della vita del Poera, che nel castello di Porciano posto a sinistra dell' Arno in Casentino, di cui esiste ancora qualche vestigio di fortilizio, dagli abitanti vien mostrato un certo sito dietro la chiesa, nel quale al dire di Ferdinando Morozzi per antica tradizione dicono essere stato carcerato Dante. Qualunque ne fosse la causa, ed in qualunque tempo avvenisse ciò, è certo, per quello che dicemmo sopra, correr voce che in età avanzata erasi Dante nelle Alpi della predetta Provincia trovato involto in amorosi lacci; e de' popoli abitatori di un tal Castello pensa il citato autore ch'egli parlar volesse nel canto 14. del Purgatorio quando del suddetto fiume egli dice vers. 43.

Tra brutti porci più degni di galle

Che d'altro cibo fatto in uman uso,

Dirizza prima il suo povero calle.

59

XV

DELLA MORTE DI DANTE. E DELLA SUA SEPOLTURA.

Correva l'anno 1321. quando approssimandosi per Dante il termine di questa vita mortale, egli si ammalò gravemente nella città di Ravenna, ove aveva ritrovato il porto per viver sicuro gli ultimi periodi del suo disastroso pellegrinaggio su questa terra. Da qualche tempo conoscendo la vanità e la leggerezza degli umani desiderj, si era dato a esercitare il suo poetico genio in soggetti sacri adattati all'età sua, ed a quel prudente metodo di pensare, al quale, dopo il bollore delle passioni, sogliono tutti gli uomini savj adattarsi. E' pertanto probabile, che Dante si occupasse allora a trasportare nel volgare idioma i sette Salmi del real Profeta, ed a comporre il suo Credo, qual sincera professione di quella Fede, da cui non si era mai discostato, benchè di cattivo cristiano in sua gioventù fosse stato da' suoi cittadini tacciato. Il dì 14. settembre giorno dell'Esaltazione della Santissima Croce del suddetto anno mille trecento ventuno in età d'anni 56. e 5. mesi in circa, passò finalmente agli eterni riposi Dante con sommo dispiacere di Guido Novello, di Ostasio Polentano, che governava insieme con Guido, e di tutti i Ravennati. Fra coloro i quali hanno e fra i moderni e fra gli antichi parlato del nostro Poeta, vi è qualche varietà nell'assegnare il tempo preciso della sua morte; ma molti sono i riscontri, i quali ci hanno indotto a fissare nel giorno della Festa dell'Esaltazione della Santissima Croce nel detto anno 1321. il termine finale de' suoi giorni. Il Padre Antonio Terrinca nel suo libro altre volte citato dice coll'autorità di F. Moriano dell'Ordine di S. Francesco, Scrittore del XVI. Secolo, che Dante fermatosi in Ravenna, si era fatto ascrivere fra i Terziarj di detto Ordine, e che essendo vicino a morire, si era vestito dello stesso abito; onde per questo motivo era stato portato a seppellirsi nella Chiesa dei Francescani. Dal Boccaccio poi, siamo informati che Guido Novello per onorare il corpo del defunto Poeta, di cui era stato in vita magnanimo Protettore, dopo averlo fatto con ornamenti al suo grado adattati adornare, e non già in abito di terziario, volle che sopra gli omeri de' suoi più qualificati cittadini insino al luogo de' Frati Minori fosse onoratamente portato. Quivi per ordine del medesimo fu in un'arca di marmo riposto il cadavere di Dante senza alcuna Iscrizione, perchè la disgrazia sopraggiunta poco dopo al detto Guido, gli tolse il comodo di eseguire il concepito disegno di fare a lui un'onorifico Sepolcro, e di apporvi la memoria di chi entro vi stava rinchiuso. Molti Poeti della Romagnanon tanto per onorare le ossa del defunto loro maestro, quanto per compiacere al loro Signore, il quale sapevano che ciò desiderava, gli avevano inviati diversi elogj, acciò quello scegliesse, che avesse giudicato il migliore. Ma non avendo Guido potuto dar compimento al suo desiderio, Bernardo Bembo padre del famoso Cardinale Pietro Bembo, allorchè fu l'anno 1483. Pretore di Ravenna per la Repubblica di Venezia, fece fare a Dante un decoroso Deposito, e fece a mano destra della Cappella, in cui furono serrate le ceneri del Poeta, sotto l'immagine di una Madonna di marmo, porre i seguenti versi:

EXIGUA TUMULI, DANTES, HIC FORTE JACEBAS

SQUALLENTI NULLI COGNITE PENE SITU;

AT NUNC MARMOREO SUBNIXUS CONDERIS ARCU,

OMNIBUS ET CULTU SPLENDIDIORE NITES.

NIMIRUM BEMBUS MUSIS INCENSUS ETRUSCIS

HOC TIBI, QUEM IN PRIMIS HAE COLUERE DEDIT.

ANNO SALUTIS ICCCCLXXXIII. VI. KAL. JAN.

BERNARDUS BEMBUS AERE SUO POSUIT.

Ed al Sepolcro quest'altra Iscrizione, la quale vi è chi crede che il medesimo Dante componesse a se stesso, mentre era ancora in vita:

S.V.F.

IURA MONARCHIAE, SUPEROS, PHLEGETONTA, LACUSQUE

LUSTRANDO CECINI VOLUERUNT FATA QUOSQUE:

SED QUIA PARS CESSIT MELIORIBUS HOSPITA, CASTRIS

AUCTOREMQUE SUUM PETIJT FELICIOR ASTRIS

HIC CLAUDOR DANTES PATRIIS EXTORRIS AD ORIS

QUEM GENUIT PARVI FLORENTIA MATER AMORIS.

Sopra detto Sepolcro vi è l'effigie del Poeta in basso rilievo di mezza figura con la fronte coronata di lauro in atto di leggere, scolpita in marmo da Pietro Lombardo Scultore famoso, sopra della quale in mezzo ad una ghirlanda si vede scritto:

VIRTUTI, ET HONORI.

A mano sinistra vi è quest'altra memoria scritta col pennello, da cui s'impara essere stato restaurato questo Deposito nel 1692. per ordine del Cardinale Domenico Maria Corsi Legato di detta Città, e di Monsignor Giovanni Salviati Vicelegato, le armi dei quali si vedono fra molte altre nella facciata della Cappella:

EXULEM A FLORENTIA DANTEM LIBERALISSIME

EXCEPIT RAVENNA

VIVO FRUENS MORTUUM COLENS

MANGIS CIVIBUS LICET IN PARVO MAGNIFICE PARENTARUNT

POLENTANI PRINCEPS ERIGENDO

BEMBUS PRAETOR LUCULENTUS EXTRUENDO

PRAETIOSUM MUSIS

QUOD INJURIA TEMPORUM

DOMINICO MARIA CURSIO LEGATO

JOANNE SALVIATO PRO LEGATO

MAGNI CIVIS CINERES PATRIAE RECONCILIARE

CULTUS PERPETUITATE CURANTIBUS

S.P.Q.R.

JURE AC AERE SUO

TAMQUAM THESAURUM SUUM MUNIVIT,

INSTAURAVIT, ORNAVIT.

A.D. MDCXCII.

Il Cardinale Valente Gonzaga portò nuovo restauramento a questo sepolcro nel 1790., e lo fece incidere in rame. Nel 1396. la Repubblica Fiorentina, la quale non aveva curato in vita questo suo Concittadino, pensò di fargli innalzare nella Chiesa di S.Maria del Fiore un'onorevol Sepolcro; ma o per trascuraggine di chi ebbe la cura di questo lavoro, o per altra cagione, questo bellissimo pensiero non ebbe effetto. Nel 1429. con grande instanza furono chieste le ceneri di Dante dai Fiorentini, i quali non le poterono avere, perchè è probabile che i Ravennati non volessero privarsi di questo tesoro, di cui tanto si pregiano. Alcuni Fiorentini, dopo del tempo, tentarono di nuovo di ottenere dal Pontefice Leon X. le dette ceneri, avendo disegnato di erigere un magnifico Deposito, e benchè in questo affare si fosse mescolato il divino Michel Angiolo Buonarroti, il quale si esibì di concorrere a detto lavoro, pure non fu possibile, non so qual ne fosse la cagione, che le sup- pliche di tanti personaggi, quanti erano quelli che desideravano una tal grazia, restassero esaudite. Così fuori della sua Patria sono restate le ossa di colui, che Firenze non seppe in vita, quanto lo meritava, tener caro.

XVI

DELL'EFFIGIE, DEL COSTUME E DEI MERITI DI DANTE POETA.

Fu Dante di mezzana statura, e nella vecchiaja andava alquanto curvo, ma sempre con passo grave, e mansueto. Il suo volto era lungo, e di color bruno, il naso aquilino, gli occhi erano piuttosto grossi, le mascelle grandi, ed il labbro di sotto avanzava l'altro, la barba ed i capelli folti, neri, e crespi, ed il suo aspetto appariva d'uomo malinconico e pensieroso. Molte sono le medaglie gettate in onor suo, che adornano i Gabinetti dei curiosi, e molti i Ritratti, che in marmo, ed in tela s'incontrano in Firenze ed altrove, i quali al vivo la di lui effigie rappresentano. Al suo sepolcro in Ravenna vi era una testa assai ben modellata, la quale dall'Arcivescovo di detta città fu donata al celebre Scultore Giambologna, e dopo la morte di lui essendo con molte altre cose curiose pervenuta nelle mani di Pietro Tacca suo scolare, gli fu tolta dalla Duchessa Sforza che volle di una gioja sì rara, non senza gran dispiacere di chi la possedeva, privare la nostra città. Il Busto però di questo divino ingegno:

Che le muse lattar più ch'altri mai,

ed a cui le Toscane Lettere sono più che ad ogni altro debitrici di gran parte del loro lustro, e della loro grandezza, fu collocato sopra la Porta dello Studio Fiorentino per opera del Senatore e Cavalier Baccio Valori, quasi per dimostrare che Firenze non si vanta di avere avuto alcun altro soggetto di Dante più famoso, e più grande nelle Lettere. Che se a lui non fu innalzato nel nostro Duomo un decoroso Deposito, come aveva pensato di far la Repubblica, almeno si volle, che la sua effigie dipinta in telamostrasse ai forestieri in quale stima abbiano i Fiorentini questo lor celebre concittadino. Era Dante nell'esterno più che niun'altro, composto, cortese, e civile, negli studj assiduo, e vigilante, tardo parlatore, ma nelle sue risposte molto sottile, e solitario e ritirato dal conversare con gli altri, ambizioso conoscitore dei proprj meriti, e della propria capacità, nemico dei cattivi, e di tutti quei che lo avevano offeso, e degli altri costumi implacabile censore. Odiava l'adulazione, e mai per alcun riguardo si ritenne dal dire ciò che pensava di alcuno. Amava la Patria, e dispiacendoli di esser condannato ingiustamente a star fuori di essa, non usò, per rientrarvi, quei mezzi, i quali potevano placare i suoi nemici; ma stimando che l'esilio che soffriva, fosse una conseguenza del cattivo governo di essa, voleva nello stesso tempo tornare in Firenze, e riordinare lo Stato. L'animo suo nobilmente altero, non soffrì mai pazientemente d'essere stato cacciato con mendicati pretesti, e con dichiararlo colpevole di un delitto il più infame che si potesse inventare per offendere la delicatezza di un ben nato Repubblicano, da quella Patria, che col proprio sangue aveva difesa. Conversò con le femmine, e con esse fu allegro e gioviale; ma nelle Corti dei Signori non seppe coll'umiltà, e colla sommissione acquistare l'altrui benevolenza, perchè i vizj di quei, che le frequentavano, non volle o compatire, o adulare. Benchè Guelfo fu sbandito dalla Patria quando governavano i Guelfi; onde abbandonando la parte, che aveva seguitato, mostrò di essere un fiero Ghibellino, sperando con l'ajuto di quei che favorivano questa fazione, di tornare in Firenze. E' difficile che ora alcuno s'immagini come lo spirito delle fazioni acciecasse nei trascorsi secoli le menti più illuminate dal mirare direttamente i veri oggetti dl ben pubblico, e della comune grandezza. L'ignoranza suol'esser madre feconda di dissensioni; ma per mala sorte quei medesimi, i quali con lungo studio, e colla cognizione delle più sacrosante verità procurarono di schiarire le folte tenebre di essa ignoranza, spesso per difetto di buon volere, fecero servire a maggior danno degli altri, i frutti delle loro applicazioni. Male in tanta lontananza di tempi si può giudicare la causa fra Dante e la sua Patria; ma se in ciò si ha da prender lume dagli Scritti dello stesso Dante, si vedrà che tutto il danno nasceva dalle malvage Sette, e che egli sarebbe stato un'ottimo cittadino in una meglio regolata Repubblica. La vivacità del suo talento, la profonda cognizione delle scientifiche verità, le quali erano allora note, l'assidua applicazione allo studio, l'amore della patria, l'ablità nei maneggi, il coraggio nelle intraprese, in tempi meno disastrosi erano le migliori qualità che potessero concorrere in un'uomo di governo. Ma qual'era in quel tempo lo stato di Firenze non solo, ma di tutta la misera Italia? Le gare fra i cittadini erano a tal segno arrivate, che senza riguardo alla privata passione, si sacrificavano indistintamente i buoni e i cattivi; e le dispute fra la Chiesa e l'Impero, fra i Nobili ed il Popolo, avevano quasi scancellato dagli uomini ogni rispetto di parentela e d'amicizia, e fatto tacere ogni più sacrosanta legge della natura. In tanta confusione di cose non si poteva facilmente conoscere il vero carattere di un'uomo, perchè da ogni sua parola, e da ogni suo pensamento si prendeva motivo per dichiararlo o Ghibellino, o GUelfo, o aderente ai Magnati, o alla Plebe, quantunque internamente non avesse avuto altra mira, che la quiete e la pace comune. Ma quanto risalterebbe il merito di Dante, se si prendesse a dimostrare lo stato delle Lettere, le quali appena erano in quel tempo professate dai Laici!perchè si vedrebbe come superò tutti gli altri suoi contemporanei nella vastità del sapere. Cognizione delle passate storie, delle opinioni degli uomini, e delle più nobili Discipline, forza nel dire, vivacità nei pensieri e nelle immagini, esattezza nelle espressioni, e nella pratica dei vocaboli stessi, sono quelle doti, a motivo delle quali la Poesia di Dante non comparisce nè languida, nè sterile, nè bassa, come lo è quella degli altri Poeti che lo precederono; ma sublime, fiorite, e piena di sentimenti. Egli diede, per così dire, la vita alla toscana favella, e senza seguire altri precetti, che quelli, che la fecondità del proprio ingegno, ed il fuoco della propria immaginazione gli suggerivano, lasciò, come Omero, molto da imitare, ma poco da inventare. I nostri Scrittori non hanno risparmiate le lodi come un tributo di riconoscenza per quel tanto, di cui erano ad esso debitori, ed il titolo di Divino, col quale, quasi in ogni libro, vien fregiato il suo nome, poch'altri fra i profani Autori più di lui seppero meritarlo. Lo stesso Voltaire nella sua lettera sopra Dante, quantunque nel numero di quelli che non sono stati a Dante molto devoti, ha confessato nel suo Saggio d'Istoria generale, che quel bizzarro Poema, ma scintillante di naturali bellezze, è un'opera in cui l'Autore "s'eleve dans les dètails au dessus du mauvais goût de son siecle et de son sujet, et est rempli de morceaux ècrits aussi purement que s'ils étaient du tems de l' Aristote et du Tasse". Anco nel discorso pronunziato nel 1746. all'Accademia Francese per il suo ricevimento, applaudisce al nostro Poeta per avere avvezzati gli Italiani a esprimere tutto, e a dir tutto nella loro lingua secondo l'esempio degli antichi. Che se in un secolo tanto illuminato, quanto si pregia di essere il nostro, oepra eccellente si reputa la sua Commedia, bisogna dire che i difetti, i quali alcuni troppo delicati Scrittori hanno in essa scoperti, sieno infinitamente minori di numero delle sue bellezze. Ma in queste mie memorie non ho pensato di tessere il panegirico a Dante, nè di fare la sua apologia, perchè le opere consacrate dalla fama non hanno bisogno di esser lodate, e da se stesse formano l'elogio il più sincero a chi seppe comporle. Se veramente di Niccolò Machiavello fosse un Dialogo che anni sono fu in Firenze pubblicato sopra il nome della lingua volgare, parrebbe che questo celebre uomo avesse avuto in poco concetto la Commedia e che ascrivesse a capital delitto in Dante l'aver biasimato piuttosto i vizi della Patria che la Patria medesima; ma siccome altri prima di me ha mostrato dubitare se simil dialogo possa attribuirsi al segretario Fiorentino, così non dovranno i pochi nemici di Dante far forza sul dispregio che l'Anonimo autore di quel discorso palesa per il Poeta, tanto più che egli stesso ancora fu astretto di confessare essersi Dante dimostrato in ogni parte "per ingegno, per dottrina, e per giudizio uomo eccellente".

XVII

DELLE OPERE DI DANTE, E PRIMA DEL SUO LIBRO INTITOLATO LA VITA NUOVA, E DELLA SUA COMMEDIA.

E per entrare a dire delle Opere di Dante secondo l'ordine del tempo, in cui credo che da esso sieno state composte, in primo luogo dobbiamo far parola di quella intitolata Vita Nuova, la quale scrisse in età giovanile intorno al 1295. forse per consolarsi della perdita della defunta Beatrice Portinari; imperciocchè non altro è che una storia de' suoi giovanili amori, distesa in forma di comento ad alcuni poetici componimenti fatti da lui in occasione degli stessi. Scive il Boccaccio, che Dante in età provetta si vergognava di aver fatta quest'Opera, ma è ciò tanto falso, che anzi egli medesimo quasi si compiacque di averla composta, siccome dell'altra intitolata Convivio apparisce. Avendo messer Niccolò Carducci gentiluomo Fiorentino somministrato a Bartolommeo Sermartelli questo libro di Dante, egli lo pubblicò colle sue stampe in Firenze nel 1576. in un piccolo volume in 8. dedicandolo a messer Bartolommeo Panciatichi, e ad esso vi unì le Canzoni amorose, e morali del medesimo Dante, e la Vita di lui scritta dal Boccaccio. In questa edizione come, in quasi tutti i manoscritti, mancano le divisioni, o sommarj delle poesie sparse per entro la Vita nuova, secondo che ci avverte il canonico Antonio Maria Biscioni nelle annotazioni alla medesima da lui corretta, e ristampata in Firenze presso il Tartini nel 1723. in 4. fra le prose di Dante, e del Boccaccio. Non intese per altro il Poeta quando scrisse quest'Opera, di voler soltanto per mezzo di essa immortalare la sua Beatrice, ma fin d'allora col suo divino Poema, di cui aveva già concepito il disegno, promesse di dire di lei quello che mai non era stato detto d'alcuna. Questo sublime lavoro fu poi da lui intitolato COMMEDIA. Il celebre Padre Harduino nel Giornale di Trevoux della anno 1727. pretese di abbattere il comun sentimento, il quale ci dà per legittimo Autore di questo Poema Dante Allighieri, e di sostenere che esso sia opera di uno sconosciuto Impostore, seguace della falsa dottrina di Wiclefo, il quale vivesse sulla fine del XV. secolo. Sarebbe inutile che noi di proposito ci accingessimo a confutare lo strano pensiero di questo per altro dotto Gesuita, il quale di molti altri simili sogni non si vergognò di farsi difensore; perchè o noi non possiamo prestar più alcuna credenza alla fede umana, o la Commedia, che in tanti manoscritti di un'antichità rispettabile porta in fronte il nome di Dante, è veramente opera di lui. Il dotto Marchese ed Abate Giuseppe Garampi ha però soddisfatto ai dubbj del Padre Harduino in una sua Dissertazione impressa nel primo Volume della Commedia che Giuseppe Berno pubblicò in Verona; onde in tal modo sono tolti tutti gli scrupoli, che l'ingegnoso Gesuita poteva avere risvegliati nel capo di qualche Critico troppo delicato. Erasi l'Allighieri accinto a fare il suo Poema in versi latini, ma o che egli si credesse poco atto allo stile latino, e letterato, ovvero che volesse andare in traccia di una più luminosa gloria col tentare di scrivere nell'idioma del volgo, cosa non peranche da niuno pensata: o che finalmente dubitasse che se di altro stile si fosse servito fuori di quello, il quale si parlava comunemente in Italia, l'opera sua potesse essere lasciata in abbandono, mutò pensiero, ed in lingua volgare si pensò a distenderla. Non è poi così facil cosa il decidere in che tempo appunto Dante intraprese questo suo nobil lavoro, e quando dette al medesimo compimento. Narra Gio. Boccaccioche egli prima del suo esilio aveva preso a scrivere la Commedia, e che sette Canti della medesima erano terminati quando fu dalla Patria scacciato; ma tanto Maffei, quanto Raffaelli sostengono che il nostro Poeta pose mano all'opera, dopo che esule se ne stava lontano da Firenze. Di quì è che i mentovati Scrittori, e con essi il canonico Biscioni giudicarono una favola il racconto dello stesso Boccaccio intorno al ritrovamento de' primi VII. Canti dell'Inferno. Dice esso che fra le scritture, le quali la moglie di Dante aveva nascoste, quando la plebe tumultuosamente corse a rubargli la casa, per fortuna vi erano i detti primi sette Canti, e che questi, essendo venuti in mano di Dino di messer Lambertuccio Frescobaldi buon rimatore di quei tempi, furono mandati a Dante, acciò potesse proseguire l'incominciato lavoro; lo che fece egli per dar nel genio al Marchese Maorello, presso del quale si ritrovava, quando il suddetto Dino gl'inviò i medesimi Canti. Per questo osserva il mentovato Boccaccio, che Dante ripigliando l'opera interrotta, in tal forma dette principio all'VIII. Canto dell'Inferno:

Io dico seguitando, ec.

Questo medesimo fatto in succinto è narrato ancora da Benvenuto da Imola, il quale fu discepolo dello stesso Boccaccio; e Francesco Sacchetti racconta che

Dante nel passare un giorno per porta S.Piero, prima che egli fosse mandato in esilio, sentì un fabbro che cantava un pezzo del suo libro, come si suol fare di una canzone; lo che dimostra aver esso lavorato intorno a questa sua nobilissima opera avanti il partir della Patria. Il più forte argomento contro quello che dice il Boccaccio, è la parlata che finge nel Canto VI. che gli fosse fatta da un certo Ciacco, nella quale gli predice la cacciata sua da Firenze; ma il Boccaccio conobbe l'obbiezione, che gli poteva esser fatta; onde sapendo per altra parte sicuramente, che Dante aveva composto sette Canti del suo Poema innanzi di essere stato esiliato, si ristringe a dire che poteva darsi, che Dante avesse posteriormente aggiunto qualche squarcio nel Canto VI. cosa certamente molto verisimile. Ma se volessi in questo luogo esaminare a fondo la presente questione, e ribattendo gli argomenti addotti dal Marchese Maffei, e dal Raffaelli per sostenere il loro assunto, e raccogliendo i luoghi della Commedia, dai quali si può venire in cognizione del tempo preciso, in cui scriveva le respettive parti di essa, porre in chiaro quando dette principio alla medesima, e quando la condusse a fine, non mi sarebbe facile lo sbrigarmi in poche parole, nè senza molte osservazioni, ricerche, e digressioni uscire dal mio impegno. Lo scopo di questa mia fatica non mi permette che mi prolunghi assai in questa sola cosa, onde in breve mi contento di dire, che è molto probabile aver Dante principiato a comporre il suo Divino Poema avanti che fosse esiliato dalla Patria, perchè di questo ci assicura il Boccaccio sulla fede di persone, le quali potevano avere piena contezza di un tal fatto; e che lo stesso Dante desse a questa sua fatica l'ultima mano innanzi che le cose dell'Imperadore Arrigo VII. avessero cominciato a declinare, perchè altrimenti non si vedrebbero negli ultimi Canti della sua Commedia le tracce di quella speranza, la quale aveva concepita nella di lui venuta in Italia. Non è meno curiosa la ricerca perchè Dante intitolasse Commedia questo suo narrativo Poema, siccome con ragione lo chiamano i critici più esatti. Il mentovato Maffei credè essere il primoad assegnare la ragione, la quale da lui forse ricopiò il celebre Autore dell'Eloquenza Italiana. Avverte adunque il Maffei, che nel suo libro della Volgare Eloquenza Dante distinse tre stili diversi, cioè il Tragico, il Comico e l'Elegiaco, e con questi termini spiegò la natura di ciascheduno "Per tragoediam superiorem stilum induimus. Per comoediam, inferiorem. Per Elegiam stilum intelligimus miserorum". Di qui s'impara, per tanto, che non per altro motivo Dante intitolò il suo Poema Commedia, se non perchè intendeva d'avere scritto la maggior parte di essa nello stile di mezzo. Questa spiegazione certamente è la migliore di quante ne sieno state ritrovate dai nostri Gramatici, ed è sempre appoggiata sopra delle prove molto convincenti; onde si dee finalmente por termine alle tante contese, che fecero gran rumore nel secolo XVI. intorno al titolo di Commedia imposto al Poema di Dante. Egli finse di avere intrapreso il poetico viaggio, che ci descrive in esso, la sera del lunedì santo dell'anno 1300. e di essersi ritrovato nel Cielo nella solennità di Pasqua, la quale in quell'anno cadde nel dì 10. d'aprile. In questo suo mirabil lavoro, in cui con ragione si espresse di "descriver fondo a tutto l'Universo"perchè nel medesimo fece concorrere la descrizione del Mondo, e dei Cieli, i varj caratteri degli uomini, le immagini delle virtù, de' vizj, de' meriti, e delle pene, della felicità, della miseria, e di tutti gli stati della vita umana, tanta dottrina vi sparse, che lo Speroni non esitò a pronunziare non trovarsi alcun Poema al mondo, che in quanto al soggetto possa alla Commedia di Dante paragonarsi. Sarebbe per questo molto desiderabile, come pensava un dotto mio Amico, che diversi valentuomini prendessero, ciascuno nella sua professione, ad esaminare ciò che di bello si ritrova nella Commedia Dantesca, come ha fatto per la Teologia il celebre Padre Maestro Gio. Lorenzo Berti Lettore di Storia Ecclesiastica nell'Alma Università di Pisa; mentre allora si vedrebbe che Dante era fornito di tutte le cognizioni, le quali potevano aversi in quell'età; e come stante la grandezza del suo penetrantissimo ingegno assai più ne sapeva degli altri suoi contemporanei. Non è perciò da maravigliarsi, se i nostri antichi conoscendo di quanta dottrina abbondava il Poema di Dante, e quante belle cognizioni si ascondevano sotto il velame de' suoi versi, fossero solleciti in procurare, che gli alti sensi della Commedia venissero pubblicamente in volgar lingua spiegati. La Repubblica Fiorentina pertanto con suo Decreto del dì 9. agosto 1373. ordinò che si eleggesse uno con pubblico stipendio, il quale avesse l'incombenza di leggere, cioè di spiegare il Poema di Dante. Per questo impiego venne scelto Gio. Boccaccio, che nella Chiesa di S.Stefano presso il Ponte Vecchio il dì 3. ottobre di detto anno in giorno di Domenica dette a far ciò; onde ne venne quel Comento, il quale fu dato alle stampe, non sono molti anni, e che non si estende oltre il verso 17. del XVII. Canto dell'Inferno. E quantunque nella prima deliberazione si fosse dichiarato, che per un'anno solo intendeva la Repubblica di eleggere quello che doveva spiegar Dante, bisogna non ostante, che con altri dcreti prolungasse di mano in mano questo tempo a motivo dl profitto, che ne ridondava in coloro che sentivano dichiararsi i sublimi, ed utili insegnamenti della Divina Commedia. Imperciocchè dopo la morte del Boccaccio seguita il dì 20. di dicembre 1375.altri soggetti furono di seguito scelti per quest'impiego, dei quali si potrebbe tessere una lunga serie. Eglino nei giorni festivi ora in un luogo, ora in un altro, attesero a spiegare quello, che aveva inteso dire nella sua opera Dante, ed in tempi più vicini a noi nell'Accademia Fiorentina sono state recitate moltissime lezioni sopra qualche luogo di essa dai più chiari ingegni che sieno quivi fioriti; delle quali lezioni una buona parte ne è alle stampe. Non solamente in Firenze vi fu questo bel costume di dichiarare dalla Cattedra i nascosi, e mirabili sensi della Commedia di Dante; ma in Pisa similmente, ove fu sempre famosa Università, nel 1385. in circa spiegava il detto libro Francesco di Bartolo da Buti, uomo di non mediocre dottrina, siccome apertamente si vede nella sua fatica, o comento che fino ad ora non ha veduto la pubblica luce. Anche Benedetto Buonmattei lettore di eloquenza Toscana in Pisa, fece ivi, e in Firenze più lezioni su Dante. Lo rilevo dalla dedica messa dallo stampatore a Gio. de' Medici in data di Pisa (21. giugno 1635.) alla cicalata delle tre Sirocchie, sotto il supposto nome di Benduccio Riboboli da Mattelica, anagramma del suo vero nome. Nello Studio pure di Piacenza riformato, ed ampliato da Giangaleazzo Duca di Milano nel 1398. un tal Filippo da Reggio si trova in quel tempo aver letto pubblicamente Dante; Mariano da Tortona spiegò a Filippo Maria Visconti ed anco in Venezia Gaspero Veronese spiegò pubblicamente Dante, come si rileva dal poema intitolata Leandris; lo che ridonda in maggior gloria del Poeta, perchè non si ouò credere che la parzialità, che gli uomini hanno per i loro concittadini, inducesse i Capi di quella Università ad ordinare la lettura sopra Dante, ma bensì la piena notizia del merito di un'opera tanto eccellente. Che se l'essere stato nelle pubbliche scuole esposto il Poema di Dante, mostra ben chiaro il pregio, in cui lo tennero i nostri maggiori; le private fatiche fatte sopra di esso provano senza fallo l'ardente desiderio, che essi ebbero sempre di penetrare i veri sensi dello stesso Poema. Ma se io volessi parlare di tutti coloro, i quali presero a fare i tanti Compendj in versi, ed i tanti commenti in lingua volgare, e latina, che si trovano nelle nostre Librerie, o che sono stati pubblicati per mezzo delle stampe averei certamente materia per un non mediocre Volume. In fatti non vi è forse alcuno, il quale sia stato vago di raccorre i più preziosi manoscritti, o di scorrere i codici delle tante biblioteche di questa nostra Patria, e di altrove, il quale non si sia più d'una volta imbattuto in qualche fatica fatta sopra la Commedia di Dante. Le copie di essa si sparsero ben presto per tutti i luoghi, e dopo l'invenzione della stampa a segno tale si moltiplicarono l'edizioni della medesima, che fino in LVIII. se ne contano in tutte le forme, e fra queste, tre pubblicate nel breve giro di un'anno, cioè nel 1472. Vi fu ancora chi tentò di trasportare questo Poema dalla nostra lingua Volgare nell'idioma Latino, Francese, in Spagnuolo, in Inglese, ed in Tedesco. Ma io sono di sentimento, che opere di questo genere, e molto più la Commedia di Dante, non si possa in un'altra lingua tradurre, senza toglierle quel bello, il quale trovano in essa quei che capaci sono d'intenderla nella originale favella. Quanto poi fosse ammirata l'ingegnosa invenzione del nostro Dante, e particolarmente della sua prima Cantica intitolata l' Inferno, nella quale forse più che nelle altre spicca la forza delle espressioni, la e verità delle immagini, si comprende dall'uso, che i pittori fecero dei pensieri nella medesima mirabilmente dichiarati ed espressi. Hanno perciò i curiosi voluto ricercare donde prendesse Dante l'idea del suo Inferno. Il tante volte lodato Monsignor Fontanini nel suo libro dell' Eloquenza Italiana parlando del celebre Romanzo intitolato il Guerrino di Durazzo detto il Meschino, dice che Malatesta Porta fu di sentimento dal lib. VI. di questo romanzo aver Dante presa l'invenzione delle bolge, e de' cerchi del suo Inferno, cioè di colà ove si narra che l'Eroe di questa favolosa storia entrò nel Purgatorio di S.Patrizio, posto nella piccola isola del lago Dearg nell'Ultonia, al quale andavano i gran peccatori per purgare i loro peccati. Monsignor Gio. Bottari, letterato di gran nome, che si è sempre indefessamente occupato nell'illustrare gli scrittori della nostra Toscana favella, nell'esaminare l'accennata opinione pensò che veramente Dante potesse aver veduto il Romanzo del Meschino, e che dallo stesso avesse appreso l'idea del suo ammirabil Poema; ma che poi la molta corrispondenza, la quale s'incontra in questi due scrittori, non dimostri già, che Dante dall'altro di pianta copiasse ciò che nella sua Commedia di uniforme si legge. Per altro, da altri ancora possiamo credere che Dante ricavasse l'idea della sua Opera; ed in vero lo stesso Monsignor Bottari parla d'un Codice della Libreria di Monte Cassino, in cui si descrive una visione, o sogno simile a quel di Dante, avuto da Alberico diacono Cassinese, in tempo d'una sua gravissima malattia. I Poeti de' tempi di mezzo amarono di prendere argomento da dei sogni, come rispetto a' poeti Francesi è già stato osservato. Ma checchè sia di questo, il libro di Dante diede certamente motivo a fra Tommaso di Matteo Sardi Fiorentino dell'Ordine di S.Domenico di comporre il suo Poema tutt'ora inedito, intitolato Anima Peregrina, in cui perciò lo distinse onorevolmente chiamandolo suo maestro. Ed in fatti niuno imitò meglio, e più esattamente Dante di questo Domenicano; onde l'Opera sua meriterebbe, che alcuno si prendesse la cura di pubblicarla. Dice poi Gio. Boccaccio che a tre distinti personaggi dedicò Dante il suo Poema, vale a dire la prima Cantica ad Uguccione della Faggiuola, che fu un tempo Signore di Pisa, e Capitano Generale di messer Cane della Scala; la seconda al Marchese Maorello Malaspina, di cui altrove si è parlato; e la terza a Federigo III. Re di Sicilia: ma lo stesso Boccaccio soggiunge "alcuni vogliono dire lui (cioè Dante) averlo titolato (il Poema) a Messer Cane della Scala; ma qual si sia l'una di queste due verità, niuna cosa altra n'abbiamo che solamente il volontario ragionare di diversi". Ed in fatti non è altrimenti vero, che il Paradiso fosse dal Poeta presentato al Re Federigo, nè tutto il Poema a Can grande, mentre la dedica appunto fatta da esso, la quale ci è solamente restata, fa vedere che il Paradiso, e non altro indirizzò non a Federigo, ma al detto Cane. Ella trovasi mentovata dal Mazzoni, a cui la communicò Domenico Mellini gentiluomo Fiorentino; e gli Autori della Galleria di Minerva furono i primi nel 1700.a darla alle stampe; onde poi fu inserita nella moderna edizione Veronese della Commedia fatta con l'assistenza del P. Francesco Antonio Zaccaria Gesuita. Questa Lettera non tanto serve per indirizzo a Can grande della Cantica intitolata il Paradiso, quanto ancora d'illustrazione di tutta l'Opera; poichè in essa si spiega il disegno, che ebbe in comporla il suo Autore, la forma, ed il titolo della medesima. Qui forse attenderanno da me i lettori, che io tessa la storia delle molte controversie sopra il valore della Commedia, alle quali Benedetto Varchi nel 1570. in circa dette moto col suo dialogo chiamato da lui l' Ercolano dal cognome di Cesare Ercolano, avendolo con lui tenuto in una Villetta donatagli dal duca Cosimo, perchè non solamente tali dispute non fecero altro che vagliare, per dir così alla minuta, il merito del Divino Poema di Dante, ma ancora perchè la narrazione delle cose accadute in questa guerra letteraria potrebbe dar motivo di schiarimento a molti punti curiosi; se non che la diligenza grande usata da Monsignor Fontanini nel notaretutti quei moltissimi libri, i quali vennero fuori in occasione di essa, e la troppa lunghezza, dalla quale non ci potremmo dispensare volendo riferire minutamente quel tanto, che allora accadde, dovrà servirmi di scusa se ho scansato di entrare nel racconto di tali contese. Basti pure a ciascuno di sapere, che i tanti tentativi di coloro, i quali dietro al mascherato Ridolfo Castravilla si sforzarono di far comparire i difetti della Commedia del nostro Dante, nissun danno arrecarono alla reputazione,, in cui era salita quest'Opera, e piuttosto con questo mezzo si schiarirono molti punti di gran vantaggio per la volgar Poesia.

XVIII

DEL CONVIVIO DI DANTE, E DELLE ALTRE SUE OPERE..

Non si può veramente negare, che le altre Opere di Dante non sieno in molto minor conto tenute di quello, che si faccia della sua Divina Commedia; ma chi per questo non riconosce, in tutto ciò che il medesimo scrisse, quella fecondità di pensieri, e quella forza di espressioni tanto propria di un'uomo così eccellente? E' colpa del tempo, e non sua, se il Convivio e gli altri suoi scritti sono sterili di utili notizie, se lo stile è duro anzi che no, e se per questo non tutti ritrovano nei medesimi un cibo adattato alla delicatezza del loro gusto. Questo libro, a cui Dante dette il titolo di Convivio, quasi pasto per gl'ignoranti, è un comento in prosa sopra tre sue Canzoni, nel quale moltissimi semi di Filosofia Platonica, di Astronomia, e di altre scienze, che esso possedeva al pari di qualunque altro del tempo suo, si trovano sparsi. Ed in vero senza che si avesse la Commedia, quest'Opera sola farebbe chiaramente vedere che in Dante concorsero tutti quei pregi, i quali rendono degno di alta stima un'uomo di lettere. Egli ebbe certamente intenzione di seguitare questo suo lavoro, e quel tanto che di esso ci è rimasto, non è intiero, perchè dal contesto vi appariscono in alcuni luoghi delle lacune. Dopo il suo esilio compose il Poeta quest'Opera, ed io non sarei lontano dal sospettare, che ciò seguisse dopo aver egli terminata se non tutta, almeno una buona parte della Commedia. Nel 1490. fu in Firenze da Francesco Buonaccorsi in 4.piccolo, impresso la prima volta il Convivio, e nel 1529. Niccolò di Aristotile detto Zoppino lo fece comparir di nuovo in Venezia in 8.. Ivi parimente poco dopo si ristampò da Marca Sessa: ma molto più corretta di tutte queste è l'edizione procurata dal Canonico Antonio Maria Biscioni fra le prose di Dante, e del Boccaccio, perchè egli con somma diligenza sopra ottimi testi a penna corresse le Opere di questi due lumi della Toscana favella, e le adornò con le proprie annotazioni, e con alcune altre del famoso Abate Salvini. Scrisse Dante in idioma latino un'opera che egli intitolò Monarchia per attestato del Boccaccio, di Gio. Villani, e di altri; ma non è sicuro, secondo che alcuni dicono, se quella, e che porta in fronte il nome di Dante, sia quella appunto, che egli compose, perchè Gio. Mario Filelfo nel parlare della medesima ne riporta il principioche non concorda con quello degli stampati. Ma io non saprei meglio rispondere a ciò, se non facendo riflettere, che fino dalla metà del secolo XV. in circa era tenuta per opera genuina di Dante quella, che noi di presente crediamo tale. Imperciocchè in quel tempo nel breve giro di pochi anni fu la stessa due volte tradotta dalla lingua Latina nella nostra Volgare, e sempre chi lavorò queste due versioni, ebbe in animo di volgarizzare il vero libro di Dante de Monarchia. La più antica traduzione si conserva in un Codice cartaceo in foglio della Riccardiana, ed in fine di essa si legge "Finita la Monarchia di Dante Allighieri Poeta Fiorentino, et scritta per me Pierozzo di Domenico di Jacopo de Rosso, et finita questo dì 18. di giugno 1461." L'altra è quella, che ad istanza di Bernardo del Nero, e di Antonio Manetti fece il nostro celebre Filosofo Marsilio Ficino, la quale non è ancora comparsa in luce, ma è in un bel Codice della Libreria Mediceo-Laurenziana Plut. XLIV. n. XXXVI.. Se adunque Marsilio Ficino, e chi avanti di lui volgarizzò il libro de Monarchia, il quale esiste presentemente, lo credettero parto sincero di Dante, molto ci vuole per dimostrare, che tale non sia quello, che per tale tenghiamo, nè senza più chiari riscontri mi so indurre a dubitare della sua identità. La prima edizione che fu fatta di quest'Opera nel 1559. in Basilea per Gio. Oporino in 8. è molto rara, ed assai più conosciuta è quella di Simone Scardio che l'inserì nel suo Trattato De Imperiali Jurisdictione impresso in due volte, dal quale la trasse chi la fece ristampare nel 1740. Raccontano che il Cardinal Bertrando del Poggetto Legato Apostolico del Pontefice Gio. XXII. vedendo che l'Antipapa Fra Pietro da Corvara, il quale prese il nome di Niccolò V. e che era del partito di Lodovico il Bavaro, prendeva argomento per sostenere la validità della sua elezione da questo libro, non si contentò di proibirlo sottoponendo chiunque lo leggeva alle censure della Santa Sede, ma tratto ancora da troppo zelo religioso, volea che al fuoco si dessero le ossa dell'Autore per ignominia della di lui memoria: lo che si sarebbe mandato ad effetto, se ad una simile risoluzione non si fosse opposto un tal Plino de sla nobil famiglia della Tosa, e messer Ostagio Polentano: perciò il celebre Giureconsulto Bartolo, il quale viveva intorno alla metà del XIV. secolo, lasciò scritto, che a motivo di quest'Opera, nella quale sostenne Dante che l'autorità degl'Imperatori era indepenta da quella dei Romani Pontefici, fu quasi dannato come eretico. Ed in fatti molti scrittori, i quali hanno sostenute le ragioni della Santa Sede, hanno in questa parte condannato il nostro Poeta, il quale non è maraviglia, se in tempi pieni di turbolenze, come quegli quegli che si professava Ghibellino, per aderire ai disegni di Arrigo VII. s'inducesse a difendere i pretesi diritti dell'Impero contro i Papi, dei quali non era punto contento. Merita per altro Dante qualche scusa, se egli s'impegnò a scrivere in disfavore della Santa Sede in un secolo, nel quale le comuni disgrazie avevano talmente acciecate le menti degli uomini, che non sapevano essi discernere i legittimi confini della laicale, ed ecclesiastica sovranità; e se alcuni han fatto abuso dell'autorità di un soggetto così rispettabile, dobbiamo certamente compatire l'ignoranza di simili persone, le quali trovandosi scarse di legittime prove, sono ricorse al ripiego di allegare fra quelli del loro partito indistintamente tutti coloro, che per fini particolari hanno procurato di abbattere la giurisdizione del Pontificato. Ad altre dispute è stato soggetto il libro di Dante De Vulgari Eloquentia, il quale non ebbe tempo di terminare , essendo forse stato sorpreso dalla morte, mentre intorno ad esso andava faticando. Egli lo scrisse in latino, e di IV. libri che doveva contenere, due soli sono quelli, che abbiamo alle stampe. Da prima venne in luce in lingua Italiana volgarizzato, e ciò accadde in Vicenza nel 1529. presso Tolomeo Gianicolo, con dedica al Cardinale Ippolito de' Medici fatta da Gio.Battista Doria nobil Genovese. Gio. Battista Gelli, e dietro a lui molti altri negarono che quest'Opera fosse veramente di Dante, e moltissime controversie nacquero sopra l'identità della medesima, perchè ad alcuni dispiaceva d'incontrare in essa delle cose poco favorevoli alle loro opinioni in proposito del volgare idioma, intorno al quale tanto fu scritto dai maggiori Letterati del secolo XVI. Le opposizioni fatte a questo libro svanirono tutte, quando comparve nella lingua originale, cioè in Latino, come lo scrisse Dante, per opera di Jacopo Corbinelli amicissimo del Tasso, ed a cui siamo debitori d'aver pubblicate altre opere per benefizio della Toscana favella. Pietro Del Bene gentiluomo Fiorentino, avendo in Padova trovato un codice a penna contenente il testo Latino di qeust'Opera, senza indugio la trasmesse in Parigi al Corbinelli che colà si trovava al servizio della Regina Caterina de' Medici. Il Corbinelli pensò subito a comunicarlo al Pubblico per via delle stampe di Parigi sotto gli auspici di Arrigo III., e per render più stimabile la sua edizione arricchì il Testo di Dante con note, una sopra il solo primo libro. Si lagna Monsignor Fontanini, (il quale di questo libro parla forse troppo prolissamente nella sua Eloquenza italiana) che il mentovato Corbinelli non ebbe l'avvertenza di stampare a fronte del testo latino, il volgarizzamento pubblicato dal Doria nell'edizione fatta in Verona nel 1729. di tutte le Opere del Trissino. Ma, fu ristampato poi il detto Testo con la volgar traduzione a canto con la dedica al Cardinale De' Medici; e ciò ebbe attenzione di fare ancora Gio. Battista Pasquali nella sua impressione di questo libro nel 1741. Per altro il volgarizzamento che stampò Gio. Battista Doria, checchè ne dicano alcuni, e fra gli altri il Fontanini, non ha il minimo carattere di probabilità per esser creduto fattura legittima di Dante. Io non starò poi a far l'analisi del libro De Vulgari Eloquentia, nel quale ragiona Dante della lingua comune d'Italia, dei diversi dialetti della medesima, e della forma e natura dei versi, e dei componimenti volgari, perchè a bastanza ne scrisse circa il Fontanini; e tornando a parlare della traduzione, e parafrasi dei sette Salmi che Dante fece, è assai probabile, che in età molto avanzata ponesse mano a questa fatica, quando cioè conosciuto il poco merito delle cose di questa terra, si volse a pensare all'ultimo suo fine. Questa sua Operetta, benchè sia scritta in stile piano e basso, o come egli stesso lo chiama nel libro della Volgare Eloquenza, elegiaco proprio dei miserabili, apparisce, non ostante i dubbj dell'Autore della Storia letteraria d'Italia, esser lavoro di quel sublime ingegno, che compose la Divina Commedia. Comparve alle stampe questo lavoro la prima volta nel 1480. in circa in 4. senza data di luogo con altre cose, siccome ci dice l'Abate Francesco Saverio Quadrio il quale fece manifesta al pubblico sì fatta rarissima edizione. Da essa il medesimo Quadrio trasse quella, che fece uscire dai torchi della stamperia della Biblioteca Ambrosiananel 1752. in 8. arricchita con annotazioni tanto teologiche, che gramaticali. Non solamente la versione dei VII. salmi, ma altre rime spirituali di Dante fece stampare il detto Abate Quadrio, perchè "tra tanta copia di libricciuoli spirituali, de' quali per uso delle persone divote è ripieno il mondo, uno ancora ce n'abbia in rime, che gradir possa giustamente a' poeti, e servir loro con frutto". Tali rime consistono in una Raccolta delle cose principali insegnateci dalla nostra santa Fede, e contengono il simbolo degli Apostoli secondo il Concilio Niceno, la spiegazione dei sette Sagramenti, il sunto dei precetti del Decalogo, l'ennumerazione dei peccati capitali, e finalmente la parafrasi della Orazione Domenicale, e dell'Ave Maria; il tutto disteso in terzetti. E' intitolata ne' manoscritti qusta poesia il Credo di Dante: ed oltre a moltissime copie, le quali sono nelle nostre Biblioteche, quantunque non affatto simili fra loro, si trova anche stampata dopo la Commedia nell'edizione fatta in Venezia per lo Spira nel 1477. con i supposti Comenti di Benvenuto da Imola, e nell'altra fatta in Milano per Lodovico ed Alberto Piemontesi nel 1478.

con il Comento attribuito al Terzago, e da queste vecchie impressioni la ricopiò il Quadrio, avendola per altro ridotta alla moderna ortografia. Molte lettere poi scrisse Dante in varj tempi, di tre delle quali abbiamo sicura notizia, perchè sono accennate da quei che parlarono di lui: la prima era diretta al popolo Fiorentino, e Dante la scrisse di Verona avanti l'elezione di Arrigo VII. al dire di Leonardo Aretino per impetrare da chi reggeva la città, la revocazione del suo esilio. Il principio di essa, secondo questo medesimo scrittore, era "Popule mi, quid feci tibi?" Un'altra indirizzata a' Re d'Italia, ed a' Senatori di Roma, ec. in volgare, è stata poco fa per la prima volta pubblicata dal Padre Lazzari Gesuita sopra un Codice della libreria del Collegio Romano; la terza finalmente scritta all'Imperatore Arrigo in latino nel 1311. fu impressa da Antonio Francesco Doni fra le prose antiche in Firenze nel 1547. in 4. ma in lingua volgare, nel quale idioma non si sa da chi, nè quando fosse tradotta. Così la ristampò il Biscioni nella sua edizione delle Prose di Dante, e del Boccaccio, con un'altra a Guido da Polenta, nella quale contro ogni ragione parla Dante in disfavore dei Veneziani. Torquato Tasso nel Forno I. Dialogo della nobiltà restò assai maravigliato, che Dante avesse scritta questa lettera, e per iscusarlo non seppe dir altro, se non che egli era un uomo, il quale non di rado faceva apertamente conoscere di parlare più "per affetto, che per opinione". Ma il Tasso non si avvedde, che questa era una nera impostura del Doni, inventata per qualche suo fine particolare. Ed in vero la falsità delle accuse date a' Veneziani non provano bastantemente, che l'Allighieri non averebbe potuto scrivere quanto legge si nella lettera, che porta in fronte il suo nome? Paolo Paruta lo Storico, o altri di questo nome, compose una "Risposta alla detta Lettera in difesa dei Veneziani"; ma più modernamente il procurator Marco Foscarini, e il defunto padre Gio. degli Agostini hanno dimostrato senza fallo a maraviglia, che non potettero mai uscire dalla penna del nostro maggior poeta tante ingiurie contro questa sì gloriosa Repubblica. E' assai che monsignor Fontanini ed il Biscioni non si avvedessero di una simil falsità, mentre per dichiarar tale la lettera di Dante, basta l'osservare che non si è ancora incontrata in alcun manoscritto, e che il Doni non ci dette il discarico donde l'avesse presa. L'altre Epistole che scrisse Dante, si sono perdute, siccome anche la Storia dei Guelfi e dei Ghibellini da esso composta in lingua volgare, se dobbiamo prestar fede al citato Filelfo, che della medesima riferisce il principio. Finalmente nel primo volume della Raccolta intitolata "Carmina illustrium poetarum Italorum" nel 1719. vennero in luce due Egloghe latine indirizzate, come dice il Boccaccio, a Giovanni del Virgilio per risposta di altre mandateli dallo stesso Giovanni. La presente edizione è assai scorretta, ed il Canonico Bandini, promise sopra un bel Codice di questa Libreria di pubblicare di nuovo le mentovate Egloghe con quelle del Petrarca, e di Giovanni Boccaccio. Ma non le Poesie solamente, le quali sono comprese nella Vita nuova, e nel Convivio fece l'Allighieri, ma molte altre ancora. Imperciocchè de' dieci libri in che sono scompartiti i Sonetti, e le Canzoni di diversi antichi Autori Toscani, raccolti da Bernardo di Giunta, e stampati in Firenze nel 1572. i primi IV. sono formati con le Rime di lui. Fra queste v'è una Canzone in lingua Provenzale, Latina ed Italiana, per la quale il Canonico Crescimbeni ha creduto di dovere annoverar Dante fra' Poeti Provenzali tralasciati da Giovanni di Nostra Dama. Trovo ancora che nel 1518. furono impresse le Canzoni, ed i Madrigali di Dante; ma la Raccolta delle dette Rime pubblicata dal Pasquali in Veneziaè forse la migliore di quante ne sono state fatte, e lunga impresa sarebbe il ricercare per le Librerie, se di lui veramente sieno tutte quelle, alle quali ha dato luogo sopra la fede altrui il suddetto Pasquali in questa Raccolta, o se ve ne abbiano delle inedite, o impresse sotto altro nome. Una simil fatica però sarebbe di moltissimo vantaggio per le Muse Toscane, acciocchè non si credessero di Dante quei Sonetti, e quelle Canzone le quali furono com poste da chi meno di lui ne sapeva. Ancora potrebbe darsi che nuove Poesie di Dante inedite si ritrovassero nelle Librerie quando alcuno si accingesse ad una tale ricerca, ed intanto avvertiremo che nella Compagnia di S.Barnaba di Poppi Terra del Casentino su crede che si conservino alcune Canzoni di lui, in prova di che si addice leggersi nelle antiche costituzioni di quella "dopo cantisi una Canzone del nostro Alighieri"; così egualmente è di una vita in 3. rima di S.Torello eremita di detto luogo, la quale aveva Antonio Magliabechi, impressa forse in Firenze da Zanobi della Barba, ed era da questo letterato riputata opera di Dante. Il Cinelli nella sua Biblioteca Volanteci somministrò la notizia del seguente Libretto in 4. senza il luogo, nè anno della stampa, e nome dello stampatore. "Quaestio florulenta ac perutilis de duobus elementis Acquae, et Terrae tractatus, nuper reperta, quae olim Mantuae auspicata, Veronae vero disputata, et decisa, ac mann propria scripta a Dante Florentino Poeta clarissimo, quae diligenter, ac accurate correcta fuit per Rev. Magistrum Joan. Benedictum Moncettum de Castilione Aretino Regentem

Patavinum Ordinis Eremitarum Divi Augustini, Sacraeque Theologiae Doctorem excellentissimum". Questo Opuscolo e' fu dedicato al Cardinale Ippolito d'Este, e dopo la Dedicatoria evvi un'Epistola di fra Girolamo Gavardo dell'Ordine Eremitano di S.Agostino indirizzata al Moncetto, che chiama suo Maestro. Io non so qual fede meriti un tal libro, di cui altrove si parlò, siccome ancora se di Dante sieno veramente le seguenti Opere accennate dal Padre Giulio Negri.

Apologia in difesa di Dante, accasato d'Eresia, manoscritta nella Libreria Gaddi.

Alcune Chiose di lui medesimo, manoscritto in foglio presso gli stessi Gaddi.

Risposta fatta a nn Maestro di Teologia, manoscritto presso i suddetti.

Tractatum de Symbolo civitatis Hierusalem ac almae Romae .

De calamitatibus Italiae libri XV

'Un Poema intitolato la Resione.

Libellus de officio Pontificis et Caesaris Romani.

La Magnificat tradotta in versi Toscani.

Nessun manoscritto autografo resta del nostro Dante, che che dicasi d'alcune poesie serbate nell'Archivio di Gubbio; nessuna nemmeno delle sue ultime Lettere scritte ad amici, o alla Repubblica per ottenere il ritorno alla Patria. Resta solamente la sua sicura effigie in pitture antiche, in busti, e più medaglie delle quali nessuna è nel ricchissimo Medagliere di Firenze. Il Marchese Ferdinando Cospi vantava di possedere la Scacchiera di Dante nel suo Museo di produzioni naturali e cose antichema senza alcun autentico riscontro.